거울 속의 낯선 남자

선중관 산문집

산문집을 내면서

소슬한 갈바람이 어느 숲을 지나왔는지 향긋한 숲 내음을 뿌려놓고 지나간다.

낙엽이 타는 가을 향기는 왜 이리 자극적인지, 콧속으로 들어와 저 깊은 가슴 밑바닥 감성의 샘을 휘저어 파문을 일으키곤 한다.

낙엽 휘날리는 공원 벤치에 앉아 시집이나 산문집에 깊이 빠져보고 싶고, 누구에겐가 글 한 줄 띄워 보내고 싶은 계절.

이렇듯 가을이 우리 피부에 가까이 오는 계절에 산문집 『거울 속의 낯선 남자』를 내놓게 되어 기쁘다. 특히 올해는 시집과 산문집, 두 권의 작품집을 출간하게 되었다.

한 해 두 권의 책을 출간하는 일이 쉽지 않은 일이었지만, 요즘 부쩍 작품으로 독자의 곁에 가까이 가야겠다는 욕심이 생겼다. 그리하여 시詩 같은 산문, 풋풋한 삶의 향이 풍기는 수필을 내놓겠다는 설레는 마음으로 산문집을 엮었다.

이 산문집에 실린 글들이 독자의 가슴에 소슬한 갈바람처럼 다가갔으면 좋겠다. 사각사각 낙엽을 밟는 상큼한 느낌으로 다가갔으면 좋겠다.

시를 읽는 듯, 아니 시와는 또 다른 느낌으로 다가가 독자의 감성 샘에 잔잔한 파문을 일으켰으면 좋겠다.

2017년 가을
계양산 자락에서
선중관

차례

2. 수필의 향기

3. 자연과 벗 삼아

4. 이런저런 이야기

5. 살며 생각하며

1. 단상노트

우리가 살아가며 원하는 모든 것을 성취할 수는 없다.
얻은 것을 잃을 수도 있고, 잃은 것을 되찾을 수도 있다.
남이 갖지 못한 것을 가질 수도 있고, 남은 다 가졌는데
나는 못 가질 수도 있다.
그러므로 삶은 느긋한 관조이어야 한다.
멀리서 반짝이는 빛을 통해 희망을 바라볼 줄 알아야 한다. 모든 것을 다
가질 수 없는 것이 인생이라면
언제든 내게도 거쳐 갈 날이 있을 것이기 때문이다.

– 본문⟨12월의 사색思索⟩ 중에서

마음 다스리기

1. 창문

내 서재에는 책상이 놓인 벽 위로 작은 창문이 하나 나 있다. 홀로 집필과 독서로 밤을 새우다 깜빡 잠이 들면 날이 밝았음을 알려 주는 고마운 창이다.

커튼 사이를 헤치고 들어오는 강렬한 빛은 새로운 하루가 열렸음을 알려 준다. 그 작은 창가는 마음이 격할 때나 짜증 날 때, 마음을 진정시키지 않으면 안 될 때, 내가 자주 앉아 마음을 다스리는 장소이다.

그곳은 밖에서는 자칫 그 고마움을 느끼지 못하는 빛,

그 빛이 커튼 사이로 쏟아져 들어오는 깨달음의 장소이기 때문이다.

2. 산

산에 오르면 운동에만 좋은 것은 아니다. 산자락 어디에고 돋아있는 풀과 나무의 싱그러움은 세상을 밝게 살아야 할 이유를 가르쳐 주는 스승이다.

바람 불고 눈비가 몰아쳐도 지칠 줄 모르는 꿋꿋한 자세, 겨울 추운 계절에도 양지바른 둔덕이나 묘지에는 작은 풀꽃이 함초롬히 피어 생명을 이어간다.

산과 풀밭은 늘 마음의 안식처처럼 평안을 넘치게 해 준다. 그래서 시간이 되는대로 이 풀숲에 앉아 하늘을 바라보는 것 또한 내 마음을 다스리는데 적격의 장소이다.

3. 음악

좋은 음악의 선율은 마음을 살찌게 한다. 물론 아무 음악이나 받아드리지 못하는 편견이 있지만, 힙합이나 록 계열의 헤비메탈이 아니라면 고르게 좋아하는 편이다.

특히 피아노와 클래식 연주곡을 자주 듣는 편이며 근래 새 장르로 자리 잡은 팝(Pop)과 오페라(Opera)의 합성 장르인 팝페라(Popera) 음악도 내 마음에 평안을 주는 좋은 음악이다.

음악은 이처럼 내 마음을 다스리는 청량제이기에 내 스마트폰 속에는 다량의 음원이 저장돼 있다.

11월 달력을 떼어내며

아직은 제 역할이 남아있는 11월 달력을 일찌감치 떼어
냈다. 안방, 거실, 작은방 등등. 어느 집엔 시간이 지나버린
달력을 너무 오래 걸어 놓아 볼썽사나운데, 우리 집엔 먼저
떼어버린 달력 때문에 민망스러울 때가 있다. 어떨 때는 3
일 전에도 뗄 때가 있으니 말이다.

새날에 대한 기대심리가 커서일까 아니면 달력에 걸린 풍
경 너머의 아련한 그리움일까 언제부터 생긴 버릇이라면 버
릇이다.

달력 한 장 떼어 낼 때마다 어깻죽지 한쪽 떨어져 나가

는 아픔을 느낀다. 특히 11월 달력을 뗄 때는 마음의 통증까지 느끼기도 한다. 늘 정초엔 거창한 계획을 세우고 다짐도 하지만 시간이 흐르면서 그 각오는 어디로 갔는지, 달력한 장 덩그렇게 남은 한 해의 끝자락에서 살아온 날을 돌아보면 아쉬움만 남고, 세월을 앞서 걷는 나는 그만큼 마음만 급하다.

그러나 묵은 달력을 뗄 때의 마음은 가는 세월이 아쉽다는 생각만 드는 것은 아니다. 새 달력의 숫자들을 보며 기대와 소망, 그리고 새 희망도 느낀다. 그 희열처럼 전해오는 새날들에 대한 소망은 이미 흘러가 버린 세월이 남기고 간 아쉬움과는 비할 데 없는 기쁨이다. 나는 그 기쁨의 크기를 너무도 잘 알고 있기에 묵은 달력 떼는 일을 자처하여 하고 있다.

새로운 숫자판에 거는 기대심리, 그것은 어느 월말 하루 앞서 묵은 달력을 떼어내 본 사람만이 느끼는 감정이리라.

그렇다. 사람은 가능성의 존재이다. 살아있는 날까지 우리의 앞에는 아직 많은 일이 있고, 그 일을 향해 쉬지 않고 전진하고 분투하겠노라는 열의만 있다면 그 자체로 멋진 인생 아니겠는가.

달력을 미리 떼는 일도 앞날을 향해 전진해야겠다는 열정에서 비롯된 것이겠거니 자평하면서, 남은 날도 천천히, 그러나 쉼 없이, 하늘에 흐르는 저 구름 한 조각, 바람 한 점 따라 그렇게 가야 할 것 같다.

덩그렇게 외로이 한 장 남은 달력이지만, 아직도 30여 일 내 인생을 채워 줄 올해의 고맙고 소중한 날들이 남아있지 않은가. 그 마무리를 잘해야지.

말과 글

생각과 감정을 꺼내 놓는 두 가지 방법이 있다. 말과 글이다.

말은 얼굴을 마주 보며 가까이에서 해야 하기 때문에 여간 조심스럽지 않다. 정답게 다가가 속삭이듯 말하면 자칫 경망스럽게 느껴질 수도 있겠고, 예의를 갖춰 이리저리 자로 잰 듯 말하면 거리감이 느껴질 수도 있는 것이 말이다.

그뿐만 아니라 말은 즉석에서 자기 생각을 꺼내놓는 것이기에 자칫, 하지 않아도 될 말을 할 수도 있다. 만약 잘못 말해 다시 주워 담고 싶어도 담을 수 없는 것이 말이다. 우리 주변에 말 때문에 다툼이 일어나는 경우를 많이 보게 되는데, 말을 잘한다는 것이 그만큼 힘들다는 반증이다.

글은 또 어떤가? 글은 속삭이듯 말하지 못하기에 거리감이 느껴지고 그 거리감으로 오는 여유 때문일까. 지나친 미사여구美辭麗句로 내 감정을 숨기기도 하니 자칫 진실성이 결여될 수도 있다. 무엇보다도 글은 생각을 옮겨 적는 것이지만, 그게 그렇게 간단치 않고 전달되기까지 시간적 제약이 따르니 더욱 어렵다.

그러나 그런 단점에도 불구하고 글은 말과 달리 좋은 점이 참 많다. 우선 전하고자 하는 생각에 대해 실수를 줄일 수 있다는 점이다. 글은 쓰다 잘못됐으면 언제든지 고칠 수가 있다.

글은 읽는 사람이 오래도록 보관해 두었다가 읽고 싶을 때 언제든지 다시 꺼내 읽을 수 있다. 말은 일회성 전달로 끝나지만, 글은 언제까지나 처음 감정 그대로를 전달받을 수 있다.

또 한 가지, 글은 쓴 사람의 시간과 정성이 들어가 있는 것이기에 띄운 사람이나 읽는 사람 모두에게 마음 흡족하고 충만한 행복감을 안겨다 준다. 편지나 짧은 엽서 한 장이 기다려지는 이유이다.

옛날 어렸을 때, 싫든 좋든 편지를 꽤 많이 썼던 기억이 있다. 국군아저씨에게 보내는 위문편지로 해서, 작문 시간에는 '부모님 전 상서'라는 제하의 편지도 많이 썼다. 편지 쓰는 일이 힘들어서 문장 한 줄 쓰지 못하고 쩔쩔매다가 담임선생님께 야단맞은 기억도 있다. 그러나 지금 와 생각하면 그때 그 반강제적 작문 교육이 오늘 글을 쓰는 큰 힘이 된 것 같다.

요즘 종이에 글 쓰는 모습이 사라졌다. 글을 쓰기 위해서는 생각을 가다듬어야 한다. 생각을 가다듬는 일은 마음을 차분히 가라앉히고 정서적이고 안정적인 마음 자세를 갖는다는 의미이다.

학교에서 어릴 때부터 글쓰기 교육에 전념해야 할 필연적 이유이다.

12월의 사색思索

벌레가 갉아먹다 한 귀퉁이 남겨 놓은 잎사귀마냥 세월
은 올 한 해를 다 갉아먹고 덩그러니 낡은 달력 한 장 남겨
놓았다. 그 남은 숫자마저도 지금 지우개질하면서 가고 있
는 것이다.

그러나 어쩌리, 가고 오는 것이 세월인데. 아무리 열심히
일군 삶이어도 한 해의 끝자락에 서면 누구나 아쉬움이 남
아 허전한 바람결이 마음속에 파고를 그리는 법. 쓸쓸한 마
음 한 켠 내게 있다는 것은 사색思索의 사치를 누리는 것이
겠거니 생각하면 그만이다.

12월은 관조觀照의 달이다. 쥐꼬리만큼 남은 달력 앞에 서서 이리저리 살아온 날들의 무게를 저울질하는 것은 부질없는 일. 자신의 마음속을 들여다보며 지나온 삶의 의미를 찾아보자.

무엇을 얼마나 거둬들이고 무엇을 얼마나 잃었는가에 대한 손익 계산보다는 얼마나 열심히 살아왔는가에 대한 조명照明만 하여보자. 그늘진 곳을 비춰보지 않고서는 앞을 갈 수 없기 때문이다.

우리가 살아가며 원하는 모든 것을 성취할 수는 없다. 얻은 것을 잃을 수도 있고, 잃은 것을 되찾을 수도 있다. 남이 갖지 못한 것을 가질 수도 있고, 남은 다 가졌는데 나는 못 가질 수도 있다. 그러므로 삶은 느긋한 관조이어야 한다.

멀리서 반짝이는 빛을 통해 희망을 바라볼 줄 알아야 한다. 모든 것을 다 가질 수 없는 것이 인생이라면 언제든 내게도 거쳐 갈 날이 있을 것이기 때문이다.

한 해를 마무리해야 하는 자리, 조용한 기도로 마무리하자. 지금 이 12월의 사색이 새해의 희망이 될 수 있도록.

묵은해여 안녕히.

공평公平한 세상

하나님께서는 천지만물을 창조하실 때부터 각 생물에 대하여 특별한 의미를 부여하시고 각자의 격에 맞춰 생존하도록 하셨다. 어느 생물에게만 일방적으로 좋은 것만 다 갖도록 허락하지는 않았다.

한번 살펴보자. 뿔 있는 놈은 날카로운 이빨이 없고, 날카로운 송곳니를 가진 놈은 뿔이 없다. 날개가 있으면 다리가 두 개뿐이며, 다리가 네 개 있는 놈들은 드높은 하늘을 날 수 없다. 그도 저도 가지지 못한 토끼나 들쥐처럼 작은 놈들은 그 번식력이 뛰어나 세상이 무너져도 멸종될 위험성이 없다.

　요염하고 예쁜 꽃을 피우는 식물치고 실한 열매 맺는 걸 보았는가? 장미꽃이 꽃 중에 으뜸이요 이름은 날렸으나 열매가 없고, 무화과 감나무 포도나무는 꽃이 시원찮아도 열매가 실하다. 채색 구름은 쉬 흩어지고, 저녁노을은 금세 스러지기에 아름답다.

　사람에 이르러서도 또한 더욱 그렇다. 학업 성적이 좋지 않은 사람은 운동 능력이 뛰어나거나 기특한 재주가 남다르고, 기예와 예능에 빼어난 사람은 공명功名은 얻되 부귀영화와 거리가 멀고, 돈과 권력을 얻게 되면 늘 불안한 삶을 살게 되고, 돈으로 인하여 가족 간, 형제간 불화에 휩싸이게 된다. 돈은 없고 가난하여도 마음 편하게 사는 것이 서민들이다.

　좋은 것만 골라서 한 몸에 다 지니는 이치는 이 세상 어디에도 없다. 가진 것에 만족하지 않고 자꾸 무엇인가 기웃거리지 말자.

　『동방시집』의 저자 W.R. 앨저는, "가난한 자 열 명은 돗자리 하나에서 평화롭게 잠들지만, 아무리 넓은 제국도 두 군주에게는 너무나 좁다."라고 하였다.

욕심과 탐심은, 가진 자가 더 가지려고 하고, 받은 재주가 많은데도 감사할 줄 모르고, 남의 떡이 더 커 보여서 배 아파하는 것이다.

　한꺼번에 누리려 하지 말자. 지금 가진 것마저 잃게 될까 두렵다. 다 가지려 욕심부리지 말자. 손에 든 것을 놓아야 새것을 쥘 수 있는 법. 늘 가진 것에 만족하며 감사하며 살자.

길과 희망에 대한 단상

 어느 산자락 무덤가에 찔레꽃이 무리지어 피었다. 찔레꽃 하면 왠지 슬픔이 각인 돼 있어서일까. 땅을 파헤치고 죽은 자를 묻고 울었을 가족들이 떠올랐다.

 이별이란 슬프고 가슴 아픈 것, 더군다나 죽음과의 별리別離는 이 세상에서는 다시 만날 수 있는 기약이 없기에 더욱 슬프기 마련이다.

 그러나 주검이 묻힌 그 자리에 철따라 꽃이 피고 온갖 생명이 깃든다. 살아있는 자들은 그 무덤가를 무심히 거닐며 산책한다.

 이렇듯 삶과 죽음이란 멀리 있는 것이 아니라 그저 늘 가까이 있는 것이다. 삶도 죽음도 사실은 함께 공존하며 앞서 거니 뒤서거니 걸어가는 긴 인생길 여정일 뿐이다.

누군가 숲을 뚫고 길을 내어 걸어가듯 사람은 늘 길을 간다. 죽음의 길이든 미지의 세계든 끊임없이 걷고 가야 하는 인생이다. 인생에는 수많은 길이 있기 때문이다.

문제는 내가 걷는 이 길이 어떤 길이며, 그 종착지가 어디며, 무엇 때문에 걷는지 가는 길을 멈추고 잠시 돌아볼 일이다.

사람들이 죽음을 무서워하는 것도 그 길을 처음 가기 때문이다. 그러나 달리 생각하면 그 길은 이미 열려진 길을 가는 것뿐이다. 우리의 선조들과 수없이 많은 인생이 먼저 간 길을 가는 것뿐이다.

중국의 작가 루쉰魯迅은 그의 글 「고향」 중에서 '희망'에 대하여 이렇게 말하였다.

"희망이란 본래 있다고도 할 수 없고 없다고도 할 수 없다. 그것은 마치 땅 위의 길과 같은 것이다. 본래 땅 위에는 길이 없었다. 한 사람이 먼저 가고 걸어가는 사람이 많아지면 그것이 곧 길이 되는 것이다."

희망이란, 길이 있을 때 느낄 수 있는 꿈이며, 기대며, 바람이다. 아무리 깊은 산골짜기 험난한 곳일지라도 희미한 길이 있고, 미세한 발자취가 있어 그 길을 따라가면, 우물도 만나게 되고 오두막집도 만나게 되는 것이다.

세상에는 많은 길이 있다. 길이 있는 곳에 희망이 있기 마련이다. 남이 내놓은 길을 걷기만 할 것이 아니라 누군가를 위하여 길을 내는 개척자가 된다면 희망을 나눠주는 선각자가 될 것이다.

그리고 산자락 작은 오솔길을 걷더라도 그 길을 무심코 지나서는 아니 된다. 삶과 죽음에 대해서, 인생에 대해서, 생각에 잠겨보는 여유를 가져야 한다.

거울 속의 낯선 남자

요즘 세안 후나 면도 중에 거울을 보며 흠칫 놀라는 일이 자주 있다. 거울 속에 웬 낯선 남자가 비치기 때문이다.

도대체 이 남자는 누구일까. 낯선 사내는 낯설어하는 나를 이해할 수 없다는 듯 오히려 심란한 얼굴로 나를 쳐다본다. 내가 얼굴을 찡그리면 함께 찡그리고, 면도를 하면 따라 면도를 한다. 따라 하는 것이 우스워 웃음 지으면, 그도 겸연쩍은 듯 미소를 띤다.

낯선 남자의 얼굴은 많이 거칠어 보인다. 인제 그만 쉬었으면 하는 지친 얼굴이다. 탈모가 시작되었는지 훤해 보이는 두피 위로 가늘고 힘없는 머리카락이 세월을 지탱하고 있다. 빛을 잃은 눈동자, 처진 볼, 눈 밑 가는 잔주름은 쌓아온 연륜의 계급장인 듯 드러나 보인다.

낯선 남자는 한 가정을 책임지고 살아왔을 정형적인 한국의 중년이다. 우리 대한민국 남성 모두가 그렇듯, 한창 피끓는 젊은 나이에 청춘을 병영생활에 바치고 난 후, 무한 경쟁사회에 뛰어들어 사투하다 짝을 만나고, 달콤한 사랑 꿈같은 밀월도 잠시, 결혼하고 애 낳고 자식들 뒤치다꺼리하며, 아빠란 이름 남편이란 울타리로 뒤돌아볼 틈 없이 살아온 세월, 그 세월의 이력이 거울 속 남자에게 두껍게 덧입혀 있다.

거울 속의 낯선 남자, 나를 닮았으면서도 낯설기만 한 거울 속 남자가 안쓰럽고 측은해 보인다.

나를 따라 하는 거울 속 남자를 위해서라도 남은 세월 잘해 보자. 열심히 살아온 자에게서나 볼 수 있는 삶의 여유와 낭만, 중년의 중후한 멋이 풍기는 거울 속 남자를 볼 수 있도록, 더 아름답고 멋지게 살아보자.

거울 속 남자 힘내자!

강아지풀 이야기

여름 산과 들에서 흔하게 볼 수 있는 풀이 강아지풀이다. 흔하디흔하면서도 친근감 있는 풀 강아지풀. 그 모습이 마치 조 이삭을 닮아 더욱 친근감이 있다.

실제 강아지풀은 흉년이 들었을 때 굶주림에서 벗어나기 위해 농작물 대신 구황식물救荒植物로 사용하기도 했다는 볏과에 속하는 1년생 식물이다.

강아지풀이란 이름을 얻게 된 것은 생김새가 복슬복슬 털로 덮여 강아지처럼 귀엽게 생기기도 하였지만, 이삭을 따 손바닥에 얹어 조몰락거리면 앙증맞게 앞으로 나아가는 모습이 강아지를 닮았다 하여 붙여진 이름이라 한다.

어릴 때 이 강아지풀을 몹시 괴롭혔다. 이삭을 따 반을 쪼개 코 밑 수염으로 달고 다니기도 하고, 손아귀에 넣고 조몰락거리면서 그 촉감을 즐기기도 하였다. 또 아무 이유 없이 이삭 모가지를 뎅강 잘라 던지기도 하고, 이삭을 훑어 땅에 뿌리기도 하였으니 참으로 지금 생각하면 강아지풀에 한없이 미안하다.

그런 옛 악연을 모면이라도 하고 싶어서인지 요즘 강아지풀을 대하는 내 마음은 특별하다. 길을 걷다 강아지풀을 만나면 어루만지고 쓰다듬어 주면서 친근감을 표시한다. 어릴 때 습관대로 이삭 하나 뎅강 잘라 손에 넣고 조몰락거리고 싶지만 꾹 참는다.

복슬강아지 꼬리마냥 예쁘게 생긴 놈 하나 골라 정성껏 사진도 찍어 스마트폰에 보관해 놓고 SNS 포스팅을 할 때 배경 그림으로 사용하기도 한다. 이만하면 어릴 때 괴롭힌 대가를 치를 수 있는 건지는 잘 모르겠지만 말이다.

강아지풀, 흔하지만 그 모습이 귀여운 강아지마냥 보드라운 털로 뒤덮인 친근한 풀. 요즘 문득 강아지풀을 대하며 여러 생각에 잠긴다.

꺾이기 싫어서, 지기 싫어서, 고개 숙이기 싫어서, 모나고

독선적인 내 지난날이 많았을 것이다. 많이 참고 양보하며 살지 못하고 질기고 뻣뻣한 못난 부분이 더 많았을 것이다. 좀 더 유하게 다가가지 못하고 오히려 오는 사람을 모질게 손사래 쳐 보낸 적도 있었을 것이다.

이제, 지천으로 깔린 강아지풀이 바람에 흔들리며 친근 감을 주듯, 나도 그렇게 흔들리며 누구에게나 친근감을 주는 그런 삶을 살고 싶다.

글 짓는 마음

"이는 내 뼈 중의 뼈요 살 중의 살이라"(창2:23).

하나님께서 첫 사람(남자) 아담을 지으시고 그의 독처하는 것이 안쓰러워 아담을 깊이 잠들게 한 후 그의 갈비뼈를 취하여 여자를 만드셨다. 아담이 잠에서 깨어나 보니 하나님께서 아리따운 여자를 안기시니 아담이 너무나 감탄스러워 즉석에서 지어 부른 노래이다. 아담은 인류 최초의 시인詩人이 되어 간결하면서도 감성적인 시를 지어 노래하였던 것이다.

시詩란 그런 것이다. 문학은 자기 내면의 색깔을 글로 표현하는 것이다. 화가가 물감을 이용하여 그림을 그린다면, 시인은 문자와 낱말을 이용하여 마음을 엮어내는 것이다. 설사 작가가 아니더라도 작은 엽서나 낙서장에 마음 한 줄 띄울 양이면 자신의 마음을 구슬 꿰듯 정성껏 엮어서 내어 놓는 글이어야 한다. 글도 말과 같아서 한번 놀린 필筆의 혀는 다시 주워 담지 못하기 때문이다.

아무 문자, 아무 낱말이나 짜 맞춘다고 하여 다 시가 되고 글이 되는 것은 아니다. 속에서 깊이 곰삭히지 않고 배출한 글은, 길거리에 나뒹구는 쓰레기와 같아서 우리의 정신세계를 대책 없이 떠도는 오염물질이 되고 말 것이다.

오늘날 인터넷에 떠도는 수 없이 많은 글들, 신변잡기身邊雜記 같은 글이라면 차라리 흥밋거리로나 읽힐 것인데, 이도 저도 아닌 의미 없는 글들이 머리를 혼탁하게 한다.

그러나 내면에서 다듬어지고 삶의 향기가 묻어나는 좋은 글들은 그 글을 읽는 이에게 행복을 가져다준다. 투명하고 따사로운 햇살이 가슴까지 파고 들어와 마음속 심장을 애무하고 입 맞추듯 황홀하고 감미롭고 정겹다. 그래서 좋은 글을 써야 하고 시인이 필요하며 문학이 존재하는 이유이다.

누구나 시인이 되고 수필가가 될 수 있다. 너무 거친 낱

말, 너무 찌르는 문장은 사람을 상하게 함으로 내가 말하려고 하는 의도가 무엇인지, 이 글을 읽는 이의 가슴에 어떤 울림으로 다가갈지를 골똘히 생각하여 낱말 하나하나를 생각의 여과기로 걸러 쓴다면, 그 글은 읽고 또 읽어도 물리지 않는 맛있는 글이 될 것이다.

　누군가 내게 문학을 왜 하느냐고 물었다. 대답을 못 한 채 한참 동안 눈을 땅에 꽂고 사념思念 했었다. 그가 가버린 뒷모습을 보며 혼잣말로 중얼거렸다.

　"그대, 들녘의 작은 풀꽃과 눈 맞춰 웃어 본 적이 있는가. 재잘재잘 새들의 노랫소리에 젖어 함께 흥얼거려 본 적이 있는가. 산자락 논두렁을 거닐며 줄 선 개미들의 행렬을 본 적이 있는가? 하나님 지으신 이 모든 세계가 경이롭고 아름다운데 내가 어찌 시를 짓지 않으며 글을 쓰지 않을 수 있겠는가."

삶과 죽음에 대한 단상

사람은 항상 눈에 보이는 대로 이야기하고 판단한다. 가령 그릇에 떠놓은 물이 증발하면 물이 없어진 것으로 판단한다. 그러나 그 물은 수증기로 변하여 하늘을 떠돌며 언젠가 비가 되어 땅을 적실 것이다. 없어진 것이 아니다.

무성했던 나뭇잎이 가을이 되면 붉게 물들다 우수수 떨어져 앙상한 가지만 남는다. 나뭇잎은 산산이 흩어져 바람에 날리고, 사람의 발길과 차에 밟히면서 사라진다. 그렇다면 나뭇잎은 없어진 것일까? 결론은 그렇지 않다.

나뭇잎은 없어진 것도 사라진 것도 아니고 이 땅 어딘가에 흙이 되고 식물의 자양분이 된 것일 뿐이다. 고결한 순환의 과정이 있을 뿐 없어진 것은 아니다.

죽음이란 의미도 마찬가지다. 스스로 생육을 멈추고 활동을 멈춘다 하여 그 생존까지 끝난 것은 아니다. 식물이든 동물이든 스스로 생육할 때보다 더 큰 스케일로 자연의 일부가 되기 위한 일을 시작한다.

우리 주위에 흔한 썩은 나무를 보자. 흔히 말하는 죽은 나무이지만, 잎을 무성하게 달고 살아있을 때보다 더 큰 새로운 세계를 열어가고 있다.

자연의 일부가 되는 과정에서 자신의 몸을 곤충에게 내어주고, 때론 포자식물의 밭이 되기도 하면서 서서히 땅과 동화되어가는 것이다. 이를테면 자신을 자연의 일부로 되돌리는 일인데 그 일이 얼마나 대단한 일인가?

결국 삶과 죽음이란 떼어서 생각할 수 없다. 우리가 말하는 죽음은, 자신을 자연의 원래 상태인 흙으로 되돌리면서 생명의 텃밭으로 새롭게 거듭나는 과정일 뿐이다.

살아있으면서 제 역할을 못 하면 곧 죽은 것과 다름없으며, 죽었지만 여전히 그 영향력을 행사하고 있다면 살아있음과 진배없는 것이다.

살아있지만 사회의 암적인 존재와 같아 차라리 없는 건만 못한 사람이 있는가 하면, 세상을 떠난 지 오래되었지만, 여전히 그의 사상과 삶이 후세의 본보기가 되어 닮고 싶은 사람이 있다.

죽음을 너무 혐오하거나 두렵게 생각할 필요가 없는 이유이다.

블로그, 그 만남과 우정

블로그에서 이어지는 만남과 우정은 서로의 글감을 통하여 그 울림을 전해 받는다. 글에는 그 사람의 인격이 녹아 있어서 글을 보면 금방 그 사람의 깊이를 알 수 있기 때문이다. 그러나 사람을 어느 한가지로 판단할 수 없듯이 블로그에 올리는 글 색 한가지만으로 그 사람을 판단한다는 것은 여간 조심스러운 일이 아니다.

그래서 때론 상대방을 단번에 알아보기도 하지만 때론 친밀함으로 다가서기까지는 상당한 탐색과 시간이 필요하기도 하다. 탐색 기간이 너무 길다 보면 서로의 내밀함을 제

대로 전해 받지 못하고 제풀에 지쳐 마음 주기를 포기할 때도 있다. 또 나와 글 색이 맞지 않아 같은 울림으로 전해지지 않을 때, 혹 늦은 걸음 소원함이 있을 때, 우리는 서로의 마음 읽기를 그만두기도 한다.

블로그도 다 사람이 모여서 만들어가는 공간이기 때문이다. 제아무리 최첨단 과학의 이기요 광통신 기술의 집대성이라 하더라도 그 케이블에 사람의 정과 사랑이 함께 전달되지 않으면 차가운 기계 덩어리에 불과할 것이기 때문이다.

그러므로 블로그에서의 만남을 너무 작은 만남으로 격하해서는 안 된다. 얼굴을 보지 않고 이어가는 우정이라고 하여 함부로 다루어서는 더욱 안 된다. 오히려 우린 서로를 알기 위하여 좀 더 가까이 가야하며 보지 않고 만나는 웹상의 우정이 섣불리 만나고 쉽게 헤어지는 오프라인의 그것보다 더 진지하다는 사실을 알아야 한다.

왔다가 슬쩍 인사도 없이 남의 글만 퍼 간다거나 마음 상하게 하는 악플을 남기고 떠나는 일도 없어야 한다.

글을 읽고 감동이 오고 마음의 양식이 되었다면 당연히 감사의 인사 글 한마디 전함이 마땅할 것이다. 그뿐 아니라 자신을 풀어내는 지혜도 가져야 한다. 인간관계는 상대적인 것이기 때문이다.

　연못이나 시냇물에 돌멩이를 던져 본 사람은 알 것이다. 가벼이 던지는 돌은 물 표면의 저항을 이기지 못하고 가라앉지만, 손에 힘을 주고 높이와 속도를 조절하여 신중히 던지면 돌은 바람을 가르며 동그란 포물의 물꽃을 피울 것이다. 사람과 돌과 물의 아름다운 조화이다.

　이처럼 돌 하나의 포물을 그리면서도 우린 가벼이 던지지 않는다. 사람의 만남과 우정도 가벼워서는 안 된다. 귀하고 조심스럽게 그리고 가슴 설렘이 있어야 한다.

<hr />

* 이 글은 블로그 운영을 하며, 이웃 블로거와의 올바른 관계를 생각하여 쓴 글이다. 그러나 스마트폰과 각종 SNS 미디어가 발전한 요즘, 카카오스토리나 밴드 등, 각종 SNS 사용자들에게 전하고 싶은 글이기도 하다.

나 자신을 본다

세상은 늘 변한다. 사람의 마음도 시간과 환경과 처지에 따라 변하기 마련이다. 오늘 좋은 것이 내일도 계속 좋은 느낌으로 다가오지 않는다. 어제의 식상한 기억이 오늘 내 가슴에 잔잔한 파고로 다가올 수 있다.

이렇듯 변화무쌍한 것이 세상살이요 사람의 마음이기에 간혹 우리는 지금 내가 세파의 어디쯤 휩쓸려 왔는지 자신을 돌아볼 일이다. 그러기 위해서는 고요의 거울 앞에 무릎을 꿇고 앉아야 한다. 우리의 겉 매무새는 유리거울 앞에 서서 눈으로 볼 수 있지만, 내 자아는 고요와 침묵의 거울 앞에 꿇어앉아 마음을 비워야 볼 수 있다. 정신없이 바쁜 일상에 묻혀 있을 때는 보이지 않던 것들이 마음을 고요히 적막 속에 놓으면 내 모습이 뚜렷한 형상을 갖추고 나타난다.

내 모습을 보니 못된 것이 참 많다. 편견의 눈을 달고 있는 내 모습이 보인다. 하루하루 세상의 흐름에 편승하여 적당히 살아온 내 모습도 보인다. 어떤 소속, 집단, 그리고 단체라는 울타리에 안주하면서 나는 어느 곳의 무엇이라는 그릇 안에 충족돼 있음을 과시하기도 한다. 아름다운 글과, 예쁜 것과 고운 것을 추구하며 *나르키소스의 자기 연민에 빠져 허우적댈 때는 또 얼마나 많은가. 못난 내 모습들이다.

그러나 이런 부끄러운 면이 보인다고 해서 나 자신 들여다보기를 중단해서는 안 된다. 어느 날 진중히 내 모습을 들여다보는 일은 참으로 중요하다. 내가 지금 어떤 모습 어떤 몰골을 하고 살아가는지 살피는 일은 앞으로 나아가는 일보다 중요하기 때문이다.

못난 내 모습이 보이는 것을 부끄러워할 일도 아니다. 오히려 못난 내 모습을 발견하지 못하고 자만에 빠져있음이 더 큰 문제이다.

이렇게 문득 나 자신을 보면, 허울 좋은 이름표를 달고 있는 나를 만나기도 하고, 어떤 발자취를 남겨야 한다는 강박관념에 사로잡힌 무거운 내 발걸음도 만난다.

그러나 무엇보다 그 못난 내 모습 속에서 가능성에 대한 확신을 만날 수 있으니 이 얼마나 좋은 일인가.

* 나르키소스(Narcissus) : 우물 속에 비친 자신의 용모에 반하여 스스로를 사랑하게 되어 한 발짝도 떠나지 못하고 샘만 들여다보다가 마침내 샘물에 빠져 죽었다는 그리스 신화에 나오는 인물.

정신분석학에서 자기애自己愛를 뜻하는 용어를 나르시스 혹은 나르시시즘이라 하는데 바로 나르키소스의 이름에서 유래한 것이다.

나를 힘들게 하는 것들

1. 마음을 비운다는 것

마음을 완전히 비우고 살기란 정말 힘든가 보다. 세상의 모든 물욕을 잊고 살기 위해 발버둥 쳐보지만, 문득문득 내 속에선 소유하고 싶은 것들이 고개를 쳐든다.

산새들과 바람과 구름만 찾아오는 외딴곳에 남모르는 오두막집을 짓고, 종일토록 따뜻한 방에 엎드려 책을 읽고 글을 썼으면 좋겠다는 생각을 한다. 현실의 분주함을 떠나 나만의 세계를 갖고 싶은 탐욕이다.

마음에 드는 신차가 나오면 바꾸고 싶은 충동을 억눌려

야 하며, 간혹 가전제품 가판대에서 최신형 디지털카메라에 눈독을 들이기도 하고, 물질의 풍요와 그 안락함에 젖어 마음의 사치를 누리기도 한다.

아직 내가 덜 자란 탓이다. 미지의 세계를 갈망하면서도 한편으론 문명의 편리함을 추구하는 나의 이 이중성, 내 속물적인 본모습에 스스로 놀라 쓴웃음을 짓는다.

2. 그리움

이 나이에 간혹 그리움으로 몸부림칠 때가 있다. 그리운 사람, 그리운 장소, 그리운 추억 등등.

그리움이 끊임없이 내 마음에 존재한다는 사실은 좋게 생각하면 고마운 일이다. 그리움이란 사색思索이고 감성이기 때문이다. 만약 그리움도 사색도 없는 먼지만 날리는 팍팍한 가슴이라면 얼마나 삭막할까.

그런 점에서 그리움으로 몸부림칠 수 있다는 것은 건강한 마음과 부드러운 감성의 피가 흐르고 있다는 증거이니 고마워해야 한다는 걸 알지만, 때론 그리움의 끝에서 아파할 때가 있다.

스치듯 지나가는 바람이기보다는 둥실 떠가는 구름이 되

어 누구에겐가 보여 지고 누군가를 찾고 싶어 하는 마음, 누군가의 따스한 숨결이 간절히 그리워지고, 가고 싶고, 보고 싶고, 머물고 싶은 곳이 많은 이 마음.

아직도 내 가슴에 뜨거운 피가 흐르고 있음이라 자위도 해보지만 결국은 나를 힘들게 한다.

짊어진 게 많으면 무겁고 힘이 드는 법. 그것이 인간이기에 가질 수 있는 본능이라 하더라도, 그 본능마저 억눌러야 하는 것이 인생이기에, 오늘도 나는 나를 힘들게 하는 그 욕망의 가시를 꺾는다.

묵은해를 보내는 마음

또 한 해가 저물고 있다. 그렇게 생각하지 않으려고 애를 쓰지만, 가는 세월 앞에 허망해지는 것은 인간의 어쩔 수 없는 나약함일까. 한 해를 보내는 길목에 서면 마음 한켠에 구멍이라도 뚫린 듯, 찬바람이 돌고 휑한 공허를 느낀다.

세월은 흐르는 물과 같다고 하더니 참으로 그 말이 실감난다. 시작인가 싶으면 어느새 끝이니 말이다. 이 유수流水처럼 흐르는 세월 속에 도대체 무엇을 하며 달려왔는가를 생각할 때 가슴 저리도록 비애悲哀를 느끼지 않을 수 없다.

작년에 떴던 태양이나 새해에 떠오를 태양이나 아무런 변화가 없으련만 숫자가 주는 중압감, 그리고 더불어 쌓여 가는 연륜이 마음을 조급하게 한다. 그러나 가는 해 앞에선 더욱 마음을 새롭게 추슬러야 한다. 애써 매달려 있던 낙엽도 지고, 들녘에 흰 눈도 쌓였지 않았는가. 마음마저 흔들려서는 안 되기 때문이다.

무한히 변해 가고, 철 따라 바뀌는 것이 강산江山이요 삶이요 우리들 생활일진데, 부질없이 뜬구름을 보며 한숨짓거나 허해 할 필요는 없다. 가는 세월을 어찌 붙들며, 오는 세월을 그 누군들 막을 수 있을까.

이제 지난 한 해, 다하지 못하고 저리저리 가슴에 아쉬움을 남긴 일들, 때론 슬프고, 때론 후회스러운 일들일랑 조용히 가슴에 묻어두자. 그리고 세월의 수레바퀴를 역사 속에 또 하나 굴려야 한다.

쉬지 않고 이어지는 시간의 연속 속에 내가 소외되지 않고 있다는 사실 하나에 눈물겨운 감사를 드리면서.

2. 수필의 향기

세상살이, 온갖 사람이 다 모여 살아가는
판에 맞창 난 인심을 이어주는 땜장이 같은 사람들은 없을까?
이기주의와 물욕주의로 빵구 난 사람들의 인심까지도 땜질해주는
매개역할이 아쉽기만 하다.
앞뒷집, 위아래 얼굴도 모르고 살아가는
우리네 무관심의 거리를 이어줄 땜장이가 있었으면 좋겠다.
구멍 난 가마솥, 두레박, 양은그릇, 양철차양,
두루두루 뚫린 맞창들이 땜장이의 손재주에서 때워지듯,
우리 사는 허술한 것들이 그렇게 이어지고
복원되었으면 참으로 좋겠다.

- 본문〈땜장이가 그립다〉중에서

목련화, 그 아련한 첫사랑

등산길 여기저기 그 자태를 뽐내고 있는 목련화를 카메라에 담았다. 순백의 고고한 꽃잎들이 공중을 나는 듯 하늘하늘 춤을 추는 모습이 얼마나 매혹적인지 산에 오르는 것도 잠시 잊고 목련나무 밑에서 오랫동안 머물렀다.

목련화는 자목련과 백목련이 있지만, 그 화려함은 역시 백목련을 으뜸으로 친다. 멀리서 바라보아도 그 자태가 또렷하고 화려하여 자칫 삭막해지기 쉬운 회색 도심의 자투리 정원에 요즘 목련화를 많이 심는다.

엊그제 구區 청사를 지나오는데 담장 옆 목련이 곧 터질 듯 부풀어 있어 오늘쯤 꽃잎을 보이겠구나 싶어 찾았더니, 아니나 다를까 하얀 목련화가 마치 순백의 드레스를 펄럭이는 듯 온통 하늘을 뒤덮고 있었다.

눈이 부셨다. 4월이면 어김없이 저렇게 청순하게 피어나 해맑은 웃음 곱게 짓는 저 사랑스러움이라니, 사람의 솜씨로 누가 저처럼 아름다운 옷을 지을 수 있을까. 무엇으로 저 찬란한 드레스의 소재로 삼을 수 있을까. 어느 미인이 저처럼 고고한 자태를 뽐낼 수 있을까?

고귀한 자태에 가만히 눈 맞추어 반갑게 인사를 건네니 환한 웃음으로 답례하며 싱그런 향기를 가슴 가득 안겨준다.

목련화는 지고지순至高至順해서 좋다. 어느 꽃이 예쁘고 사랑스럽지 않을까만, 이른 봄 잎사귀도 달지 않고 먼저 꽃을 피우는 그 옹골참이란 자신의 화려함을 나뭇잎에 빼앗기지 않고 더욱 덧보이기 위함일 게다.

목련화는 사랑의 열정을 품었으면서도 결코 가볍지 않은 정숙한 여인의 고결함이다. 지우지 못하고 마음속에 간직한 아련한 첫사랑, 그 여인을 닮았다.

목련꽃, 하얀 꽃잎사귀 아름다움이요 싱그런 향기 그윽

함이요 바라만 보아도 맑은 기쁨 샘솟게 하니 고맙다.

　너를 통해 봄마다 오래된 추억 한 자락씩 말갛게 덧칠해 가니 고맙다.

　목련꽃 영원한 사랑.

봄 처녀 연정戀情

햇살이 무척 곱다. 산자락의 낮은 언덕길 일렁이는 햇살을 받으며 걷노라니 봄이 성큼 다가왔음을 느낀다.

누군가 닦아놓은 텃밭의 기름진 흙은 촉촉이 물기를 머금고 파종을 기다리는 듯 너른 품을 열어놓았다. 양지바른 곳엔 푸릇한 풀잎이 싱그럽게 돋았고 나뭇가지엔 금방 터질 것 같은 잎새 자리가 뾰족이 얼굴을 내밀었다.

그렇구나. 어느덧 3월이 열리고 생명을 싹 틔울 봄이 찾아와 고운 웃음을 짓고 있구나. 엊그제까지만 해도 매섭게 불던 칼바람 꽃샘추위도, 그늘진 산비탈 듬성듬성 쌓였던 잔설도, 따사로운 봄 햇살로 거둬내고 봄은 그렇게 풋풋한 처녀의 미소로 다가오고 있었어.

늘 모자람만 같은 2월은 저만치 밀어놓고 어서 봄이 오라 재촉하였건만, 막상 네가 내 곁에 찾아와 이렇게 살갑게 맞아주는 걸 이제야 알아보았으니…….

가슴이 설렌다. 짝사랑에 냉가슴 앓던 소년 시절 그 순수의 연정戀情이 수줍은 듯 다가선 봄 처녀의 미소에 되살아나는 듯하다. 감미로운 감촉으로 다가온 봄 아씨의 향취에 취해 콩닥콩닥 가슴이 방망이질한다.

옷섶 사이 하얀 곡선의 속살을 드리운 여인처럼 골 져 흐른 저 능선 가득, 봄 처녀의 옷깃이 눈부시다. 봄 처녀의 화려한 외출이다.

그래 그렇게만 다가서다오. 대지를 열어 새 생명을 틔우는 그 포근함으로 내 가슴을 열고, 이웃의 담을 열고, 마음 닫혀 외로운 이들의 단단한 빗장을 열어 시리고 추운자리 고루고루 봄볕으로 녹여 포근한 행복의 꽃자리 만들어다오. 꽃 향 가득 품고 어서 와다오.

서기 2000년

서기 2000년, 그러고 보니 서기 2000년은 내게 남다른 감회가 서려 있다. 내게 있어 2000년은 아득한 시계時界의 여행을 마치고 그토록 가고 싶던 목적지를 찾아온 것 같은 그리움이 있기 때문이다.

어린 시절, 판잣집이 다닥다닥 붙어있던 산비탈, 동네 녀석들은 깊어 가는 가을밤이면 너른 풀밭에 가마니를 깔고 누워 밤이 맞도록 우정을 쌓았었다.

"별 하나 나 하나, 별 둘 나 둘……."

밤하늘을 아름답게 수놓은 별을 세며 이따금 떨어지는 꼬리 유성을 발견이라도 할 때면, 가난한 동네는 온통 아이들의 기름진 함성으로 가득했다.

별을 세다 배가 고프면 앞산 마루에 걸린 시린 쪽 달을 가슴에 보듬고, "계수나무 방아토끼야 떡방아를 어서 찧어 제일 먼저 나에게 던지라"고 주문을 외던 일이 영화의 한 장면처럼 뇌리를 스쳐 간다.

그때 우린 까마득히 먼 훗날을 그려보기도 했었다. 주로 서기 2000년이 되면 우리가 어떤 모습으로 변해 있을지에 대해 예단을 하면서 말이다.

서기 2000년, 그 어린 시절엔 도저히 오지 않을 것 같던 아득한 미지의 세계였다. 그때까지 살 수 있을 것인가에 대한 호기심과 경외심마저 느끼던 그 2000년이 지나고 벌써 십수 년이 흘렀다.

길다면 한없이 긴 세월이요 짧다면 순식간에 지나간 세월일 텐데, 열두어 살 박이 어린 녀석들이 꿈꾸던 까만 그 2000년이 버스를 타고 잠시 졸았던 사이 목적지에 다다른 것처럼 지나쳐 왔다.

그러고 보니 너무 오랜 세월 뒤를 돌아보지 못하고 앞만 보고 달려온 것 같다. 내가 찍어 놓은 발자취, 내가 머물렀던 그 뒤안길은 확인할 겨를도 없이 냅다 앞만 보고 달려온 세월이 몇 날이던가. 지금 와 생각하니 친구들과 뛰놀던 고향, 그 어린 시절이 한없이, 한없이 그립다. 가마니 짝에 함께 누워 별을 세던 그 친구들은 다 어느 하늘 아래 살고 있는지…….

그 아이들의 장래 소망은 극히 순박한 것이었다. 높은 사람이 되겠다는 꿈보다는, 그저 그 배고픔을 면할 수 있는 직업이면 족하다는 듯, 장차 빵집 주인이 되겠다던 놈, 식당 주인이 되겠다던 놈, 아이들의 소망은 먹는장사를 하는 게 대부분의 꿈이었다.

요즘 간혹 식당에서 밥을 사 먹을 일이 생기면, 기름진 식당 주인의 얼굴을 흘끔흘끔 훔쳐보는 버릇이 새로 생겼다.

시커멓게 터진 거북손으로 버짐 핀 얼굴을 뜯어가며, 밥집 주인이 되겠다던 그 옛 친구를 만났으면 하는 기대감에서이다.

그래, 이제 이리저리 수소문하여 그 옛 친구들을 꼭 한번 만나야겠다.

초콜릿과 계집아이

계절이 바뀌어 갈 때면 어린 시절 일들이 더욱 떠오른다. 특히 쌀쌀한 바람이 부는 가을이면 더욱 그렇다.

서울 하늘 아래 어느 산동네. 찢어지게 가난한 산동네 녀석들은 늘 배가 고팠고 먹을 것이 아쉬웠다. 그런데 동네 계집아이 하나는 언제나 맛난 초콜릿과 과자를 한 움큼씩 들고 다니며 먹었다.

당연 그 아이는 인기 최고였고, 누구든 그 계집아이의 비위를 맞춰 가깝게 지내려고 했다. 그래야 초콜릿 한 조각이라도 얻어먹을 수 있었으니 말이다.

그 아이는 내게도 늘 맛난 과자를 주면서 "오빠, 오빠" 하며 따랐다. 옷도 깔끔하게 입고, 머리도 양 갈래로 따 묶은 귀여운 계집아이였다.

그런데 동네 녀석들은 그 계집아이로부터 맛있는 과자를 얻어먹으면서도, 그 아이의 엄마만 보면 흉한 몸짓으로 놀려대곤 했다.

"갈보 갈~보, 양~갈보, 껌둥이와 X 한데요. 얼러리껄러리, 얼레꼴레"

그 아이는 놀림을 받는 엄마의 치맛자락을 붙잡고 대성통곡을 하곤 했다.

"엄마, 엄마, 과자 안 먹어도 좋으니까 미군부대 가지 마~아, 애들이 놀리잖아."

그 어머니는 놀리는 아이들을 나무라지도 않고 오히려 미소 띤 얼굴로 우는 딸을 달래 집으로 가곤 했다. 정말 마음씨가 착한 아줌마였다.

그렇게 저렇게 어린 세월을 함께 보내고 내가 중학교 2학년 2학기 무렵, 나보다 한 학년 아래인 그 아이가 중학교 1학년, 추석을 며칠 지난 가을이었다. 집으로 찾아온 그 계집아이는 딱딱하게 굳은 송편 하나를 건네주며 시무룩하게 말을 꺼냈다.

"오빠 우리 집 이사가, 어딘지는 모르는데 여기서 아주 멀지는 않데. 아, 그리고 나 있잖아, 이사 후에 저 논골 교회에 나갈 거야."

새삼 그 옛일이 스크린처럼 뇌리를 스쳐 지난다. 당시엔 새겨듣지 않았던 말, 왜 그리 무심했던지 한 귀로 듣고 한 귀로 흘린 계집아이의 그 말이 장년이 된 지금에서야 자꾸만 귓가에 맴돈다. "나 교회에 나갈 거란" 말이 교회에 오면 날 만날 수 있을 거란 말인 줄 깨닫기까지 수십 년이 지나 장년이 된 후였으니…….

지금은 그 계집아이도 나처럼 나이 들어가며 어느 하늘 아래 잘살고 있을 테지.

못 입고, 못 먹고, 가난하던 시절, 양갈보 노릇을 해서라도 먹고 살아야 했던 그 시절이 있었다.

가을을 재촉하는 소슬바람이 불어오니, 어릴 적 옛이야기가 새삼스럽다.

양갈보가 뭔지도 모르고 놀림을 당했던 그 계집아이도, 놀려대던 그 녀석들도, 모두 다 보고 싶고 그립다. 만나서 부둥켜안고 얼굴을 부비고 싶다.

땜장이가 그립다

세상은 어디에나 다 그만한 가치로 실재實在하는 것들이 있어서 만면에 제 역할을 고루 해내기 마련이다. 가령, 가느다란 나무막대기나, 뒤꼍의 몽당비자루가 다 그렇다.

대중 교통수단인 버스를 보자. 지금은 기사 아저씨 혼자 버튼 하나로 문을 여닫고, 카드 한 장 찍고 오르내리지만, 불과 30여 년 전만 해도 운전기사 후미에는 조수와 차장이 따라붙고, 필요에 따라서는 실습 조수까지 여벌로 붙어 다녔다. 어쩌다 험한 시골길에서 펑크라도 만나는 날엔 손놀림에 바쁜 조수 곁엔 멍키 스패너를 나르는 실습 조수가 나름대로 역할수행에 분주했다. 그러니 헛간의 무딘 낫자루

하나 예사롭게 볼일이 아니다.

　지금부터 말하려는 땜장이도 그런 존재이다. 비록 생긴 건 석 달 열흘을 산속에서 헤맨 심마니 꼴일지언정, 그 또한 남다른 손재주 하나로 마을마다 시름거리를 해결해주며 떠도는 긴요한 목숨 붙이인 것이다.

　굴뚝 쏘시개를 둘러메고 큰 징을 치며 동네가 떠들썩하도록, "뚫어"를 외치는 굴뚝 청소부와는 달리 땜장이의 지정 소리는 "뭐든지 다 때워"였었다.

　"가지고만 와유, 뚝딱하면 다 되니께."

　자신 있는 태도와 억양처럼 담벼락 그늘 아래 거적을 깔아놓은 그의 면전에 양은그릇이나 세숫대야를 들고 나가면, 자그마한 망치로 구멍을 다독인 후 감쪽같이 맞창을 땜질해버린다.

　달인에 가까운 손질 앞엔 양은그릇 세숫대야만 통하는 건 아니다. 구멍 난 가마솥도 쑥 뽑아 지게로 지고 나갈 경우, 몇 분도 안 되어 손가락 굵기만 한 구멍이 감쪽같이 사라지고 제 원형을 복원하고야 만다. 요강, 장독뚜껑, 자루 부러진 낫, 양은 도시락에 뚫린 미세한 바늘구멍도 모두 땜질해 놓았다.

행여 노름에 미쳐 집안 살림을 팽개친 남편의 무관심 때문에 태풍에 뜯겨 날아간 남의 집 처마 차양이라도 있을라치면, 땜장이는 잠시 거적을 말아 바쁜 손길을 접어놓고, 처마 차양도 말끔히 손질해주곤 한다. 그렇게 되면, 그 집 여편네는 안채 작은 솥에 안쳐놓은 보리밥을 고봉高捧으로 퍼, 매콤함이 제격인 겉절이 밥상으로라도 보답을 하게 되는 것이다.

"저 사람 하나면 동네 구멍은 다 해결 된 다니께."

"맞어, 깨진 항아리도 때운데."

"항아리 뿐여? 부러진 우산대도 감쪽같이 때워났댜."

요즘 아이들에게 땜장이 얘기를 하면 어떤 반응을 보일까? 가마솥, 지게, 요강, 두레박, 굴뚝쑤시개, 똥바가지 등등. 모르긴 몰라도 당나귀 귀에 천자문을 읊는 격이나 다르지 않을 것이다.

손안에 스마트폰만 누르면 못할 게 없는 세상을 살고 있지만, 간혹 옛 정취와는 상이하게 변해버린 세태가 안타깝기도 하다.

세상살이, 온갖 사람이 다 모여 살아가는 판에 맞창 난 인심을 이어주는 땜장이 같은 사람들은 없을까? 이기주의와 물욕주의로 빵구 난 사람들의 인심까지도 땜질해주는 매개역할이 아쉽기만 하다.

앞뒷집, 위아래 얼굴도 모르고 살아가는 우리네 무관심의 거리를 이어줄 땜장이가 있었으면 좋겠다.

구멍 난 가마솥, 두레박, 양은그릇, 양철차양, 두루두루 뚫린 맞창들이 땜장이의 손재주에서 때워지듯, 우리 사는 허술한 것들이 그렇게 이어지고 복원되었으면 참으로 좋겠다.

똥 퍼

어느 골목을 지나다 아주 오랜만에 반가운 친구 같은 자동차 한 대를 만나게 되었다. 다름 아닌 인분人糞 처리 차車였다. 고상하게 그렇게 부르는 것이지 사실 '똥 퍼' 차라고 하면 금방 알아들을 수 있는 친숙한 차량이다.

그러고 보니 똥 퍼 차가 우리 어릴 적 모습이 아니었다. 그럴싸하게 외장을 갖췄을 뿐만 아니라 긴 호수로 분뇨를 빨아들이고 있었다. 예전 우리 어릴 때만 하더라도 똥 푸는 탱크 차 앞에는 '공무수행'이라고 써 붙이고 다녔는데, 시대가 변천하여 용역회사에서 대행을 맡게 되면서 분위기 쇄신을 하는 모양이다.

공무수행 시대엔 아무 골목에다 "부릉, 부릉" 질러 대놓고 앞뒤 오는 차 알아서 가라는 식으로 자기 할 일만 하면 그만이었다. 그렇다고 해서 누구 한 사람 시비 거는 사람도 감히 없었을 뿐 아니라, 오히려 고개를 돌린 채 코를 휘어잡고 빨리 그 자리를 벗어나기에만 급급했었다. 그도 그럴 것이 그 지독한 인분 냄새의 표독성이 얼마나 독하다는 것을 알고들 있기 때문이었다.

"또~옹 퍼!"

삐딱하게 모자 하나 쓰고 푸른 제복을 입은 아저씨의 구성진 목소리, 부러질 듯 휘청거리는 긴 작대기 양 끝에 똥통을 매달고 휘청휘청 골목을 내려올 때면 그 재주에 탄복하여 넋을 잃고 쳐다보곤 했었다.

미니스커트에 뾰족구두를 신고 엉덩이를 씰룩거리며 한껏 멋을 부리고 지나는 아가씨들이 똥 퍼 아저씨를 만나기라도 하면 똥물이 튀길까 봐 안절부절못하지만 절대로 똥물을 바닥에 흘리는 적이 없었다.

공무수행 당시 똥 푸는 일은 엄격히 세 파트로 구분돼 있었다. 변소에서 바가지로 똥을 퍼 똥통에 채우는 사람, 그 똥통을 긴 막대 양 끝에 달고 어깨에 져 나르는 사람, 차에서 똥통을 받아 차 집수통에 부어 넣는 사람이다. 모든 것을 수작업으로 했던 그 시절, 그 고약한 냄새가 오죽했겠는가.

시대가 흐르면서 우리 곁에서 똥차는 사라졌다. 요즘에야 언뜻 봐서는 유조차인지 똥차인지 분간을 할 수 없을 만큼 깔끔한 분뇨처리차가 긴 호수로 정화조 청소를 하고 있다.

그러나 가끔 아저씨의 구성진 "똥 퍼" 소리와 함께 묻어오던 인분 냄새, 코를 휘어잡고 똥차 곁을 지나던 순박한 그 시절이 그립다.

가진 것 없고 먹을 것 없어도 자기 집 변소라도 퍼낼 날이면 똥 퍼 아저씨에게 막걸리다 소주다, 찬밥 한 그릇 열무김치에 말아 대접하던 소박한 그 시절이 한없이 그립다.

똥차에 공무수행 딱지를 붙이고 다니던 그 시절처럼 우리들 마음도 그렇게 순박했으면 좋겠다. 너무 기계적이지 않고, 너무 과학적이지 않은 인간미가 넘쳐나는 그런 사람들이 모여 사는 세상이었으면 좋겠다.

광나루 강가의 추억

얼마 전, 문인들의 모임에 참석하기 위해 아침 일찍 차를 몰고 강변도로를 달렸다. 성산대교 북단에서부터 저어 광나루 한강 호텔까지.

지금은 넓은 포장도로가 시원하게 깔려 있지만, 내가 어릴 적만 하더라도 이곳은 좁다란 강둑길에 불과했다.

둑길 한쪽엔 기찻길이 끝없이 놓여 있었고, 철길 옆으론 머리 벗겨진 하얀 민둥길이 달리고 있었다. 봄이면 둑길 양지바른 곳에 파릇파릇 돋아난 봄나물을 뜯기 위해 동네 아낙들과 계집아이들이 옹기종기 모여 앉아 이야기꽃을 피웠고, 사내아이들은 돌멩이나 못을 주어 찻길에 놓아두고 기차가 지나기를 기다리며 시간 가는 줄 모르고 놀던 곳, 강바람을 쐬며 손을 잡고 한가롭게 거니는 연인들, 철길에 올라 손을 벌리고 기우뚱거리며 묘기를 보이는 사람들, 가위바위보 내기하며 기찻길 침목을 뛰고 걷던 사람들, 그 아름다운 모습과 정겨운 이야기가 베여 있는 곳이다.

오래된 옛 풍경이 빛바랜 사진처럼 스쳐 지나가는가 했는데, 어느새 차는 목적지에 다다랐다. 한강호텔 로비에서 커피를 마시며 한강을 내려다보고 있자니 다시 또 어릴 적 생각이 커피 향만큼 진하게 피어났다.

초등(국민)학교 시절 우리 동네 꼬마 녀석들은 여름방학만 되면 광나루 유원지를 찾았다. 1시간에 한 번씩 올까말까 한 시외버스를 타고(당시엔 왕십리에서 신장리까지 가는 시외버스가 있었음) 힘겹게 광나루에 다다르면, 광나루 다리(지금의 광진교) 밑에 넓게 펼쳐진 모래사장에 옷을 훌훌 벗어 던지고 강에 뛰어들었다.

맑은 물엔, 버들치 피라미 붕어 모래무지가 한가로이 노닐고, 고기들 속에 벌거벗은 녀석들은 창피한 줄 모르고 살갗을 태웠다. 한참 물장구를 치며 놀다 배가 고프면 버드나무 숲을 지나, 참외밭, 오이밭, 수박밭에서 서리를 해 먹고

온 강가를 뛰어다니며 하루를 보냈었다.

　나이가 들어 어릴 때 벌거벗고 뛰놀던 그 강을 바라보고 있자니 정말 감회가 새롭다. 그러나 마음 한 편에 흐르는 허허로움과 아쉬움은 무엇에 대한 집착일까? 물은 흐르건 만 분명 그 옛 강이 아니지 않은가. 사람들은 녹색을 걷고 그 위에 콘크리트 회색을 입혔다. 나물 뜯던 강둑은 넓은 도로로 변하고, 사늘하던 모래사장은 간데없다.

　강가에 줄지어 앉아 빨래하던 아낙들도, 강둑에 둘러앉아 나물 뜯던 계집아이들도, 검정 고무신 벗어들고 피라미 송사리 잡던 개구쟁이들도 보이지 않은 지 오래다. 세월은 그렇게 내 어린 시절 향수를 다 가져가 버렸다.

시궁창에 얽힌 이야기·1

내가 어릴 적 살던 집 동네는 판잣집이 성냥갑처럼 다닥다닥 붙은 산꼭대기 달동네였다. 우리 집 뒤에는 동네 구정물이 한데 모여 마을 개천으로 흘러가는 얕은 하수가 지나고 있었는데, 우린 그 하수를 또랑창, 혹은 시궁창이라고 불렀다.

더럽고 냄새나는 온 갖가지 동네 쓰레기가 떠내려오는 오물 집합소였지만, 동네 개구쟁이 녀석들은 그곳에서 주인 잃은 구슬(그땐 '다마'라고 했음)이며, 구정물 젖은 딱지, 그리고 놀이에 필요한 갖가지 재료들을 주워 모으곤 했었다.

한길 정도 낮은 곳에 시궁창이 있었으므로 바람이 불거

나 비가 오면 동네 잡동사니는 모두 그곳에 모였다. 그뿐만 아니라 제법 쓸 만한 연필, 지우개 등, 학용품은 물론 생활에 필요한 소품들도 간간이 눈에 뜨이곤 했었다. 운이 좋은 날은 하얀 은전도 한 닢 줍게 되는데, 그날은 주운 은전을 남이 알세라 몰래 숨겨놓고 내일 그 돈을 무엇에 쓸 것인지를 밤새 고민하다 늦잠을 잔적도 있었다.

마땅한 놀이기구도 없었고, 그렇다고 풍족한 생활을 해본 적도 없는 도시 빈민촌 아이들의 충족 욕구를 채워 줄 장소로서 그보다 더 좋은 장소는 없었다.

그러나 그곳에 들어가 시궁창을 후비는 일도 순서와 법칙이 정해져 있었다. 그 시궁창은 어디까지나 내 집 구역에 있었으므로 모든 동네 녀석들은 나의 허가를 받아야만 들어갈 수 있었으며 우선권은 나에게 먼저 있었다. 나는 그 시궁창의 위세를 톡톡히 부렸다.

또랑 위엔 제법 넓은 마당이 있었는데, 그곳은 동네 아이들의 유일한 놀이 공간이었다. 언제 어느 때든지 만나고 싶은 동네 아이들이 있다면 그곳에서 만날 수가 있었다. 한쪽에선 남자아이들이 떼를 지어 술래잡기, 다방구, 말타기, 자치기 등의 놀이를 하고 놀았으며, 또 한쪽에선 계집아이들이 삼삼오오 모여 앉아 공깃돌 놀이를 해가 지도록 했었다.

　전쟁이 끝나고 복구가 한창이던 60년대 초, 못 먹고 굶주렸던 그 시절, 무슨 기력으로 엄마들은 그토록 많은 아이를 낳았는지, 온 동네가 아이들 재잘거리는 소리뿐이었다. 학교는 2부, 심하면 3부 수업까지 해야 했으니까 말이다. 마땅한 피임을 할 수 없었기 때문이기도 했겠지만, 전쟁에서 죽은 자들에 대한 신神의 보상報償현상이 아니었을까 생각해 본다.

　아무튼, 그 아이들이 놀다 자칫 잘못하면 놀이기구를 우리 집 시궁창에 빠트리기가 일수였다. 구슬이며 딱지며, 자치기, 그리고 그 귀한 고무공, 어쩔 땐 신발까지 빠트릴 때가 있었다. 문제는, 그 누구도 떨어트린 물건을 마음대로 줍지 못했다는 것이다. 물론 내 맘에 드는 아이들은 내려가 줍는 걸 허락했지만, 평소에 미움을 샀던 녀석들은 어림없었다. 끝내 허락지 않다가 그 아이 어머니까지 쫓아와 버럭버럭 소리 지르던 일이 지금도 어제 일처럼 스쳐 간다.

　개구쟁이 시절, 집 뒤로 시궁창이 흐르는 이유로 위세를 부리던 그때가 그립다. 전자오락이니 컴퓨터 게임이니 하는 기계에 길든 요즘 아이들을 보고 있노라면 더욱더 그 옛날이 그리워진다.

몸과 몸을 부딪치며 뒤엉켜 놀았던 그 옛 친구들은 지금 어디서 무엇을 하는지, 까까머리 영길이, 코흘리개 순길이, 얍삭빠른 영구, 새침데기 인자, 고자질쟁이 경애, 생각하면 할수록 그 옛날로 돌아가고 싶은 깊은 추억에 잠긴다.

이 험한 세상에서 각각 제 몫을 하면서 중년의 멋진 삶을 살아가고 있음을 믿는다.

시궁창에 얽힌 이야기·2

우리 집 뒤쪽으로 흐르던 시궁창엔 주인 잃은 구슬 딱지만 있었던 것은 아니었다. 우리 집 위쪽으로 자리한 집들이 몇 있었는데, 그곳에서 흘려보낸 밥알 찌꺼기며, 퉁퉁 부른 국수가락이며, 흐늘거리는 김치조각 등이 늘 잔잔히 가라앉아 있었다.

동네를 지나는 참새며 까치며 온갖 새들은 결코 그냥 지나칠 수 없는 좋은 장소였다. 특히 참새는 어디서 그렇게 날아오는지 한 번씩 내려와 앉을 땐 수십 마리씩 짹짹거리며 열심히 먹이를 찾는 것이었다. 그놈들은 짹짹거리다가도 짓궂은 개구쟁이들의 돌팔매질에 놀라 후다닥 날아가 버리고 얼마 후엔 또 내려와 앉기를 되풀이했지만 절대로 악동들의 돌에 맞은 적은 없었다.

시궁창엔 동네 아이들 재잘거리는 소리와 참새 떼들 쨍쨍거리는 소리가 한 시도 쉴 날이 없었다. 그런데 사람과 참새가 그렇게 뒤엉켜 살던 평화로운 어느 날, 나는 심심하고 무료해서 묘한 생각을 하게 되었다. 참새 한 마리를 잡아서 새장 속에 가둬 놓고 키워 보면 어떨까 하는 생각이었다.

워낙 동물을 좋아하는 나는 키우던 개와 입을 맞추는 것은 예사이고, 한 밥그릇에 개와 함께 밥을 먹을 정도였으니 창공을 마음껏 나는 참새를 탐내는 것은 욕심이 아니었다.

아무튼, 평화가 깨어지려는 순간이었다. 그러나 그때는 신기한 새로운 놀이 방법이라도 발견한 것처럼 들뜬 마음에 너무나 재미있을 것 같아서 즉시 준비 작업에 들어갔다. 우선 윗집 순민이를 불러냈다. 순민이는 나보다 키는 좀 컸지만 늘 나에게 쥐여살았다.

"순민아! 노올자."

"뭐 하고?"

"참새 잡고 노올자."

"참새?"

"그래 임마! 나와보면 알아."

순민이와 난 사냥 도구를 만들기 시작했다. 우선 참새를 넣을 상자를 준비하고, 다음으로 엄마가 아끼시던 대나무 소쿠리를 가져 나왔다. 그리고 소쿠리를 작대기로 받쳐놓고 참새를 유혹하기 위해 쌀알을 소쿠리 밑에 뿌려 놓은 다음 작대기에 줄을 매어 멀찌감치 떨어져 기다리기로 했다.

숨소리를 죽인 채 소쿠리만을 응시하는 우리의 눈에 살기가 있었던지 그 흔하던 참새는 쉬 나타나지 않았다. 그러나 얼마를 기다렸을까. 이윽고 기다리던 참새가 나타났지만, 줄을 당기는 타이밍을 맞추지 못해서 놓치기를 대여섯 번도 더 하고 나서야 결국 참새 한 마리를 포획하는 데 성공하였다.

남은 일은 새장에 집어넣고 동네 녀석들을 불러다 잔뜩 침을 튀겨가며 사냥 후기를 자랑할 일만 남았다.

그런데 이게 무슨 일인가. 참새는 새장 속에 들어가자마자 머리를 새장에 부딪고 자학에 가까운 발악을 하기 시작했다. 먹을 것도 싫고 좋은 집에서 편하게 사는 것도 싫으니 오로지 날 놓아다오 이거였다. 나와 순민이는 우리 입맛에 맞는 판단을 했다.

"참새는 원래 그런 거야. 좀 있으면 괜찮을 거야."

참새 박사라도 된 듯이 말하는 나의 말에 순민이는 무덤
덤한 표정으로 발악하는 참새만 바라보며 혀끝으론 흐르는
콧물만 연신 빨아먹고 있었다.

참새보다 오히려 우리가 더 심란해져서 아카시아 잎을 꺾
고, 명아주 잎을 뜯어 곱게 집 단장을 해주고 그만 각자 집
으로 갔다. 내일 아침이면 고분고분해질 거라는 기대를 잔
뜩 하면서.

이튿날, 아침도 먹기 전에 시궁창으로 가봤다. 혹 갑자기
들이닥치면 또 머리를 부딪고 죽자사자 발악할까 봐 발걸
음 사뿐하게 말이다.

짹소리 한 번 나지 않고 너무나 조용하여 이젠 포기하고
조용히 먹이를 먹고 있는 모양이구나 생각하고 새장 가까
이 갔더니 아니 이게 웬일인가? 그것은 조용한 것이 아니라
적막이었고, 암흑이었고, 죽음이었다.

작은 참새는 일그러진 얼굴로 뻣뻣하게 엉켜 누워 있었
다. 어디가 가슴이고 어디가 배인지도 모르게.

그날 아침, 아침밥 먹고 어서 학교 가라는 엄마의 큰소리

를 열 번도 스무 번도 더 들었다. 학교에 가서도 눈에 들어
오는 모든 것이 죽어 일그러진 참새로만 보였다. 선생님도,
떠드는 아이들의 머리통도.

어머니에 대한 단상

어버이날을 하루 앞두고 온종일 비가 내렸다. 장마처럼 주룩주룩 많이도 내렸다.

우리는 그간 살아오면서 알게 모르게 부모님 가슴에 수없이 못을 박았을 것이다. 잔못이야 셀 수도 없을 테고, 가끔은 아주 큰 대못을 꽝꽝 박았을 것이다.

그러고 보니 하염없이 내리는 비는 어머님께서 살아생전 흘리시던 눈물 같단 생각이 들었다.

오늘 아침 골목의 꽃집에서 자그마한 안개꽃이 조화를 이루는 카네이션을 여러 개 만들고 있는 걸 보았다. 어버이

날 특수를 기대하며 밤새워 부지런히 만드는 것일 테지. 그 카네이션을 보면서 저것을 달아 드릴 수 있는 부모님이 계시다는 것이 얼마나 큰 행복인지를 새삼 느꼈다.

어느 책에 보니, 어버이날 카네이션에 왜 안개꽃을 조화하는지에 대해서 자세히 기록이 되어 있었다. 그것은 여럿이 모여서 하나의 이미지를 만드는 의미라고 한다. 바로 어버이 곁에 늘 함께 있어야 할 우리 자식들의 모습을 상징한 것이다.

그러나 어느새 자식들은 성인이 되어 하나둘, 부모의 곁을 떠나버리고 자식들이 떠나간 마음의 빈자리에서 어머니 아버지는 자식이 찾아 줄 그 날을 기다리다 쓸쓸히 세월을 보내거나 세상을 떠나게 된다. 지금도 이 땅엔 마당에 비질 하시며, 그리움도 함께 쓸고 계실 어머님들이 많을 것이다.

어머니는 누구이며 어떤 존재일까? 세상에서 가장 편안한 말, 고귀한 단어, 불러도 불러도 물리지 않는 다정한 언어, 바로 '어머니' 그 세 글자이다. 어머니는 나이와 관계없이 자식을 어리게 만들고, 더욱 어머니로 가슴 가득하게 한다.

어머니로 가득하다는 것은 어머니란 이름 앞에선 아무것

도 할 수 없는 어린아이가 된다는 뜻이다. 어머니 그늘에 있을 땐 어머니의 존재조차 느끼지 못하다가도, 정작 손이 닿지 않을 만큼만 떨어져도 넓은 바다 같은 공허를 느끼고, 그 빈자리가 너무 크게 다가오는 어머니는 그런 존재이다.

어머니는 무시로 부족함 없이 우리 위에 내려지던 은혜요 사랑의 선물이다.

그래서 어머니는 나이가 들어갈수록 그립고 뵙고 싶다. 어머니는 시간이 흐를수록 가슴 가까이에 살아 계셔서 문득 어려움에 부닥칠 때 길을 일러주시기도 한다.

어머니! 부르면 눈물이 나는 나의 어머니. 오늘 밤은 아이가 되어 어머니 품속에 들어가 어리광을 피우는 꿈을 꾸고 싶다.

고인故人을 보내는 마음
- 지인을 떠나보내고

고인을 땅에 묻는 공원묘지에 추적추적 비가 내렸다. 나지막한 푸른 산자락에 뚝뚝 녹우綠雨가 흐르고, 빗물에 젖은 무덤들이 저마다 촉촉한 곡선을 그리며 눈앞에 펼쳐졌다.

"아, 이 비가 얼마 만인가."

꽤 오랜 가뭄 끝에 내리는 봄비가 목마른 들녘을 적시자 줄지어 선 문상객들도, 그리고 고인을 떠나보낸 소복 차림의 유가족들도 그다지 싫은 기색은 아니었다. 아니 오히려 고인이 비라도 몰아다 준 것 인양 기뻐하는 이도 있었다.

그러고 보니 장래식장의 모습이 예전 같지 않음을 실감한다. 불과 얼마 전만 해도 장래식장에선 곡꽃이 끊이지 않았고, 유가족들의 준엄한 장래 예법이 있었지만, 요즘은 홀가분하고 자유롭게 변해 가는 추세이다.

그렇다. 따지고 보면 삶과 죽음이란 한가지이다. 즉 삶과 죽음이 멀리 있는 것이 아니라 늘 함께 가는 것이다. 그것을 알고 나면 죽음도 두려울 게 없고 죽음에 대해 두려운 마음을 초월하게 되는 것이다.

그러므로 죽은 이를 보내는 곳에서 너무 경망스럽게 울 필요도 없으며, 지나치게 슬픔의 마음을 가질 필요도 없다. 다만 이별의 아쉬움이 남을 뿐이다.

그 길은 언젠가는 가야 할 길이며, 그 누구도 피할 수 없는 길이기에 오히려 슬픔도, 눈물도, 고통과 아픔도 없는 곳으로 가는 이를 기쁨으로 보내드려야 한다.

우리는 때가 되면 우리의 손으로 누군가를 자연의 품으로 돌려보내야 한다. 그리고 그 일에 익숙해 있지 않으면 안 된다. 봄이면 새순이 돋고 꽃이 피다가도 가을이면 탈색의 잎을 다 떨구듯, 우리 인생도 그 자연의 순리를 벗어날 수 없음을 마음으로 받아들일 때, 비로소 삶의 참 의미를 깨닫게 되는 것이다.

버스에 몸을 싣고 돌아오는 길목, 차창 밖에는 여전히 봄 비가 내리고 있다. 산야山野마다 펼쳐진 짙은 녹음은 영롱한 빛을 더 해 가고, 세상은 아무 일도 없었다는 듯 너무도 태연히 일상日常을 이어가고 있다.

차창에 몸을 기대어 또 하나 삶의 밑줄을 긋는다. 그리고 마침표를 찍어 놓았다. 죽은 이를 땅에 묻기 위해 찾은 묘지에서도 또 다른 인생을 배우고 오는 것이 우리네 삶의 모습이라고, 그리고 그 깨달음의 기회를 주신 당신 참 고마운 분이라고, 잘 가시라고.

가을, 새벽길을 나서며

가을이 깊어가는 어느 날 새벽, 등산을 가기 위해 이른 길을 나섰다. 드문드문 차량이 질주하는 도로변의 줄 선 가로수길 인도에 낙엽이 구르고 있었다. 나뭇잎이 우수수 떨어져 아침 일찍 집을 나서 일터로 향하는 행인들의 발길에서 사각사각 노래를 불러주었다.

"이 얼마나 아름다운 자연의 소린가."

낙엽이 밟히는 소리에 가만히 귀 기울이며 조심조심 걷는데 가까이에서 쓱쓱 비질하는 소리가 들렸다. 눈을 크게 뜨고 앞을 봤더니 부지런하신 미화 아저씨께서 아직 어둠이 가시지 않은 길목에서 열심히 낙엽을 쓸고 계시지 않는가.

내 생각 같아선 며칠 놓아두면 삭막한 도심에서 그나마 가을의 정취를 느낄 수 있어 좋을 것 같은 데, 저 아저씬 아저씨대로 책임이 있어 직업의식을 가지고 열심히 쓸어 모으고 있을 터.

하기야 가을이니, 낙엽이니 하는 것들은 비질해서 먹고사는 미화 아저씨에겐 허울 좋은 사치에 불과할지 모른다.

낙엽을 쓸지 말라고 부탁하고 싶었지만, 자칫 낭만이나 즐기는 사치스러운 놈으로 오해를 받을까 봐 꾹 참았다. 그저 쓸려가는 낙엽을 보며 내 아끼는 옷붙이라도 쓸어버리는 것 같은 애석함에 가슴이 아려오는 것을 참을 뿐.

유럽국가의 많은 도시에서는 가을이 끝날 때까지 낙엽을 쓸지 않고 그대로 두는 곳이 많다는 말을 들었다. 낙엽 길을 거닐면서 가을 정취에 취해보라는 배려이다.

낙엽이 소복이 쌓인 거리를 사각사각 소리를 들으며 거니는 것이야말로 낭만적이고, 자연 친화적이며, 가을의 서정을 느낄 수 있는 좋은 체험의 현장이다.

낙엽을 밟고 싶다고 하여 아무 때나 밟을 수 있는 것도 아니다. 가을이 되어야 밟을 수 있다. 일 년에 한 번 밟을 수 있는 낙엽을 땅에 떨어지기가 무섭게 기다렸다는 듯 쓸어버릴 필요가 있을까.

　길을 멈추고 구멍이 송송 뚫린 낙엽을 한 장 주워들었다. 아직 미명이지만 마른 나뭇잎에는 한여름 풍미했던 세월이 엿보인다. 비록 지금은 빛이 바랜 채 행인들의 발길에 산산이 부서져 흩어지고 있지만 싱싱하게 푸르렀던 이력이 적혀 있다.

　이 세상에 존재하는 모든 피조물은 유한有限한 삶을 사는 것. 그 무엇이든 한 번의 생과 한 번의 죽음을 피할 수 없고, 수 없이 반복되는 만남과 헤어짐의 법칙에 자유로울 수 없다.

　그 변할 수 없는 법칙 속에 순응하기 위해 오늘도 난 자연을 만나러 가고 있다. 가을이 깊어가는 이 새벽에.

나를 슬프게 하는 것들

요즘 우리 사회에서 일어나고 있는 현상들을 바라보면 너무 많은 사람이 자신의 감정대로 판단하고 행동하는 것 같다. 자신을 다스리지 못한 일시적인 감정 폭발이 불특정다수를 향하여 분노하게 되고, 자신의 삶을 비관하게 되며, 그 결과는 파괴와 살인, 그리고 자살로 끝을 맺게 하고 있다.

나를 슬프게 하는 일들이다.

1. 가난과 자살

"주인 아주머님께, 마지막 방세와 공과금입니다. 정말 죄

송합니다."

송파의 한 지하 셋방에서 처절한 삶을 더는 이어갈 수 없어 이 세상을 떠나며 남긴 세 모녀의 마지막 지출금 70만 원.

아파도 약을 안 사 먹고, 먹고 싶은 거 참아가며, 병든 가슴 병든 몸을 편히 쉴 수 없었어도, 끝내 양심을 저 버릴 수 없어 마지막 방세와 공과금을 남기고 간 세 모녀.

아, 슬프고 가슴 아프다. 죽은 자들의 통장과 가진 자들의 통장으로 엉뚱하게 줄줄 새는 정부의 서투른 복지정책 그늘에서, 정작 혜택 한 번 받지 못하고 죽음을 선택할 수밖에 없었던 저 애잔한 목숨들.

세 모녀는 그렇게 이 이상한 세상에 대하여 죽음의 경종을 울리면서 쓸쓸히 세상을 떠나갔다. 죽으면서까지 죄송하단 말밖엔 할 말이 없는 이 무서운 세상을 향해 신의信義를 남기고 떠나갔다.

그러나 자살이라는 그 마지막 선택은 두고두고 우리를 슬프게 한다.

2. 흉악과 패륜

조금도 참지 못하는 요즘 사람들. 조금만 참고 양보하면 해결될 일을 욱하는 감정으로 신세를 망치는 일들이 너무 많다. 사소한 시비를 벌이다 상대를 숨지게 한 사건, 어린 학생이 흡연해서 되겠느냐는 말 한마디 훈계했다고 하여 분을 못 참고, 할아버지 같은 어른을 무참히 살해한 학생도 자신의 감정을 다스리지 못한 순간적인 흥분이 비극을 초래하게 한 것이다.

그뿐만 아니다. 자식이 부모를 때려 숨지게 하는 일이 빈번하게 일어나고 있고, 어린 자식을 학대하고 살해했다는 비정한 부모의 엽기적인 사건이 전해지는 사회가 요즘 우리가 사는 사회이다.

어떡해야 할까. 이 슬프고 아픈 현실을, 영국의 시인이자 실낙원의 저자 죤 밀턴은 "자신을 통제하며 자기의 감정과 욕망, 그리고 공포 또한 잘 다스리는 자는 한 나라의 훌륭한 왕보다 더 위대하다."고 했다.

미국의 제3대 대통령 토마스 제퍼슨은 화가 나면 하나에서 열까지 헤아렸다고 전해진다. 그리고도 상대를 용서할 수 없을 때는 백까지 더 헤아렸다고 한다.

성경에는 "노하기를 더디 하는 자는 용사보다 낫고 자기 마음을 다스리는 자는 성을 빼앗는 자 보다 나으니라."(잠 16:32)고 했다.

자신의 감정을 잘 다스리며 이성적인 판단을 하여야 스스로도 행복하고 남의 마음을 슬프게 하지 않는 것이다.

종이 줍는 노인들

요즘 우리 사회에서 흔히 볼 수 있는 현상이 있다. 그것은 꼬부장한 노인들이 폐종이를 모으는 모습이다. 어느 동네 어디를 가든지 머리 허연 노인들이 이 골목 저 골목 다니며 종이 줍는 모습은 이제 아주 흔한 모습이 되었다.

그 열성 또한 대단해서 어떤 분은 맨손에, 어떤 분은 아이들 유모차로, 또 어떤 분은 제법 구색을 갖추어 리어커를 끌고 다니며 억척스럽게 종이와 박스를 모은다.

노인들은 종이가 있을 만한 곳은 어느 곳이든 열심히 찾아다니며 샅샅이 뒤진다. 쓰레기가 모이는 후미진 곳에서 줍기도 하고, 슈퍼나 상점을 기웃거리며 박스를 모으기도 한다.

　예전에는 폐품을 모으는 일은 고물장수나 엿장수가 직업
적으로 하는 일이었다. 고물장수는 썩음썩음한 리어카 하
나를 끌고 아이들이 뛰어노는 골목길에 찾아와 가위질을
해대며 "고물 삽니다. 빈 병이나 신문지, 다 떨어진 넝마 삽
니다."라고 외치면, 아이들은 하던 놀이를 잠시 멈추고 집
으로 뛰어가 그동안 모아둔 빈 병이며 신문지, 각종 폐품을
가지고 나와 엿이나 강냉이로 바꿔 먹곤 했었다. 행여 폐품
이 없어 엿을 바꿔 먹지 못한 녀석들은 부엌에 들어가 어머
니가 애지중지愛之重之 아끼시는 멀쩡한 양은 냄비를 들고나
와 엿을 바꿔 먹는 사건도 간혹 벌어지곤 했었다.

　한 마디로, 종이 한 장 그냥 버리는 일이 없었다. 마땅한
간식거리가 없던 때니 엿이나 강냉이는 최고의 간식거리였
고, 그 맛난 걸 먹기 위해서 틈나는 대로 집 한쪽에 폐품을
모아 두고 엿장수가 오기를 기다렸다.

　그런데 지금은 그 폐품을 모아두는 가정도 없고, 그것을
사러 다니는 사람도 없다. 못 입고 못 먹던 시절엔 상상도
할 수 없는 많은 양의 폐품들이 각 가정에서 쏟아져 나오지
만, 누구 한 사람 그것을 돈으로 여기는 사람도 없고, 모아

내다 팔 생각을 하는 사람도 없다. 그냥 모아두기엔 자리만 차지하는 귀찮은 쓰레기에 불과하다는 생각이다.

하기야 요즘 아이들은 멀쩡한 학용품이 교실 바닥에 떨어져도 누구 하나 찾아가지 않고, 자기가 쓰던 물건을 잃어버려도 안타까워하지를 않는다고 한다. 다시 사면된다는 식의 생각을 한다고 하니 폐품의 귀중 성을 알지 못함은 당연한 것 같다.

이제 찰칵찰칵 가위질하며 동네 골목을 떠돌던 엿장수와 그 뒤를 따르던 아이들의 모습은 더는 볼 수 없다. 그러나 우리가 간과해서는 안 될 일이 있으니, 그것은 우리 신세대들이 물질의 풍요를 누리며 호의호식할 때 우리의 할아버지 할머니들이 폐종이를 줍기 위해 골목골목을 누비고 있다는 사실이다. 말하자면 옛날 고물장수의 역할을 노인들이 하고 있는 셈이다. 물론 운동 삼아 취미로 하는 노인도 있고, 용돈이나 벌어 볼까 싶어 뛰어든 노인도 있을 것이다. 그러나 이 일을 하는 노인 대부분은 생계 수단으로 그 일을 택하고 있다는 사실이다.

우리가 후진국 시대의 잔재로 여기며 천하게 생각하던 재활용품의 수거 과정이, 오늘의 풍요를 위해 희생과 봉사로

그토록 애쓰신 우리의 할아버지 할머니들이 떠맡은 일상사가 되었다니 참으로 어처구니없는 일이 아닐 수 없다.

풍요한 세상에 종이를 주워야만 살아가는 노인들, 오늘도 폐박스를 유모차에 싣고 차가 달리는 차도를 위험하게 뛰어가는 꼬부장한 노인을 보았다. 그리고 빈부 격차와 양극화가 심해진 이 나라의 또 다른 현실을 보는 것 같아 가슴이 저려왔다

3. 자연과 벗 삼아

외로움이란
주변에 사람이 없어 외로워지는 건 아니다.
가족과 친구, 이웃이 있어도 외로워질 때가 있다.
자신이 가고자 하는 길을 가지 못할 때,
내 가는 길을 남들이 이해하지 못할 때,
주변에 아무리 많은 사람이 있어도
외로워지는 법이다.
그래서 군중 속의 고독이란 말이 생겨났다.

- 본문〈외로운 나뭇잎〉 중에서

겨울산에 대한 단상

성탄절 다음날 오후에 홀로 산에 올랐다. 날씨가 연일 따뜻했지만 산 중턱엔 엊그제 내린 눈이 아직도 하얗게 쌓여 있었고, 듬성듬성 눈 녹은 양지쪽으로 드러난 빛바랜 가랑잎들이 가느다란 겨울 햇살을 놓칠세라 아쉬운 듯 움켜쥐고 있었다.

산은 참 좋다. 산은 언제 찾아도 우리를 넉넉히 받아주고 산은 봄, 여름, 가을, 겨울, 각기 다른 모습으로 우리에게 운치를 더해준다. 특히 한 해가 저물어 가는 끝자락 겨울산은 지난 한 해 살면서 겪은 삶의 잔해들을 가져다 소리

없이 묻어두고 오기엔 더없이 좋은 곳이다. 그래서 답답한 일, 누구에게도 말하지 못할 응어리가 가슴에 쌓인다면 산에 가보길 권한다.

조용한 산비탈 한 곳에 앉아 마음을 비우고 심호흡을 하면 맑은 공기가 내 폐부와 세포 속으로 파고 들어와 날아갈 듯 몸을 가볍고 상큼하게 한다.

산은 이처럼 내 몸이 자연과 동화되고 또 철저하게 고독해질 수 있어 참으로 좋다. 사람은 고독 속에서 자아를 발견할 수 있기 때문이다.

산은 많은 생명을 품고 키워내는 생명의 보고이다. 작은 애벌레들은 겨울 한파 삭풍을 견디며 나뭇잎 밑에서 봄을 기다리고, 철 따라 오가는 산새들의 쉴 집이 있는 곳, 말하자면 산은 이 땅의 생명체가 가장 자연스럽게 공존하며 살아가는 삶의 터전이다. 그 산에 들어 산과 대화를 시도하면 산은 조용히 내 속 이야기를 다 들어준다.

산은 또 높은 곳에서 낮은 곳을 볼 수 있어서 좋다. 사람은 간혹 높은 곳에서 낮은 곳을 볼 줄 알아야 한다. 높은 곳에서 낮은 곳을 내려다보며 우쭐대라는 것이 아니라, 한 뼘밖에 안 되는 저 세속의 현장에서 온갖 아집과 고집과 교만의 자태로 무엇인가를 손아귀에 넣기 위해 발버둥 치는 자신의 허물을 보라는 뜻이다.

산에 올라 아래를 바라본 사람이라면 누구나 자기가 조금 전까지 먹고 자고 생활하던 삶의 현장이 너무나 초라하고 작고 보잘것없다는 사실을 깨닫게 될 것이다. 저 밑에 있을 땐 자기의 허물을 모르지만, 잠시 그곳을 벗어나 바라보면 자기가 서 있던 그 위치가 얼마나 부끄러운 곳인가를 보아 알 수 있기 때문이다.

이러한 이유로 나는 산을 자주 찾는다. 특히 한 해를 갈무리하고 새해를 맞이하기 위해 마음을 다잡을 수 있는 장소로 산을 택한다. 노트와 마실 물 한 병을 배낭에 넣고 산에 오르면 그곳에서 작은 나를 발견하고 연약한 나를 새삼 느끼게 된다.

산 정상에 뉘엿뉘엿 저녁놀이 물들어 갔다. 저 너머 산등성이가 붉은 해를 막 삼키려는 것을 보고서야 급한 마음에 걸음을 재촉하여 산에서 내려왔다.

묵은해를 떠나보내는 서운한 마음은 산자락에 묻어 두고 새해의 기대를 가슴에 안고서 그렇게 산에서 내려왔다.

렌즈를 통해 본 세상

렌즈를 통해 보는 세상은 또 다른 별개 세상이다. 스치고 지나는 것들도 기록으로 담아 오래도록 바라보고 느낄 수 있기 때문이다.

물들어가는 낙엽, 떨어져 퇴색되는 마른 잎사귀, 말라 쪼그라드는 작은 열매, 그리고 넓은 풍경과 무심코 지나칠 수 있는 세미한 자연, 이런 것들이 렌즈에 담을 수 있는 귀중한 사물 피사체이다.

사진에 대한 이해가 부족할 땐, 그저 인물 사진이나 찍고 큰 풍경만 담을 줄 알았는데, 사진의 매력에 깊이 빠져들수록 눈에 보이지 않은 작은 것들과 자칫 스쳐 지날 수 있는 순간포착의 묘미에 끌리고 있다.

카메라를 들고 자연에 들면 자연의 경이로움을 더욱 느끼면서 감탄사가 저절로 나온다. 사진을 찍기 위해서는 자연을 관찰해야 하고, 피사체를 이리저리 꼼꼼히 살펴봐야 한다. 눈으로 그냥 볼 때와 렌즈를 통해 볼 때의 차이점이다.

눈으로 그냥 볼 때는 보이지 않던 것이 렌즈를 통해 보면 새롭게 보이고, 전체를 보면 보이지 않던 것이 렌즈를 통해 한 부분을 집중해 보면 정말 아름다운 또 다른 세상이 존재하고 있음을 알게 된다. 바로 사진의 묘미이다.

자연에 펼쳐진 피사체, 어느 미술관에서 그리 아름다운 사물화를 감상할 수 있을까. 고급 카메라가 아니더라도 좋다. 작은 카메라나 스마트폰을 들고 자연에 들어보자. 멀리 큰 경치만 보지 말고 가까이 소소한 것들을 맑은 렌즈로 담아보자. 세상이 새롭게 보일 것이다.

오늘도 눈앞의 흔하디흔한 나뭇잎을 카메라에 담으며 흘러가는 계절의 순리를 배운다. 오래오래, 그리고 섬세하게 이 아름다운 세상을 탐미해야 할 이유를 배운다.

산길에서 만나는 돌탑

산길을 걷다 보면 후미진 곳 바위 위에나 돌이 많은 곳에는 예외 없이 누군가 쌓아놓은 돌탑을 만나게 된다. 제멋대로 생긴 크고 작은 돌들로 중심을 잡고 위치를 정해, 규모 있게 쌓아 올린 모습을 보면 놀랍기도 하고 그 정성이 대단하다는 생각을 하게 된다.

그런데 돌탑을 볼 때마다 늘 궁금한 점이 있다. 저 돌탑은 누가 쌓았으며, 사람들은 왜 돌탑을 쌓는 것일까? 쌓은 사람도 궁금하고, 쌓은 이유도 궁금하다.

물론 산을 오르다 쉬어갈 겸 앉아 재미로 쌓은 사람도 있겠지만, 재미로 쌓았다기엔 제법 시간과 정성을 들여 높이

쌓은 탑도 있다.

그리고 보면 돌탑은 결국 우리네 인생을 닮은 듯하다. 산을 오르내리는 것도, 돌탑을 공들여 쌓는 것도, 다 우리 삶의 모습을 닮았다.

돌탑을 쌓는 일은 참으로 아슬아슬하지 않은가. 혹여 쌓다 무너질까 공들이지만, 한순간에 무너질 수 있는 것이 돌탑이다.

우리 인생도 잘살아 보려고 하지만 뜻대로 안 된다. 자칫하면 무너지고 주저앉는 것이 인생이다. 누구든 자신의 인생 탑을 잘 쌓으려 시작한다. 무너지거나 흔들릴 걸 생각하는 사람은 한 사람도 없다. 그러나 잘 쌓아보려고 하지만 곧잘 무너지는 것이 인생 탑이다.

그래서 사람들은 그렇게 돌탑을 쌓는 것일 터. 산에 올라 인생을 배우고 돌탑을 쌓으며 순조로운 인생을 신앙처럼 다짐하는 것일 게다. 돌탑이 우리네 인생과 닮아서 사람들은 그렇게 돌탑을 정성껏 쌓고 있는 것 같다.

겨울, 대둔산을 오르며

이른 새벽부터 달려온 12월의 대둔산이 안개 속에 가려 있다. 보일 듯 말 듯 옅은 옷을 걸쳐 입은 산자락의 품 안으로 산인山人들이 들어가고 숱한 등산객들이 걸어갔을 이 오솔길을 나 또한 아니 온 듯 지나쳐 간다.

가랑잎을 헤치고 산죽 길을 오를 땐 울컥 그리움이 목구멍까지 치솟아 올라 애꿎은 산죽 가지만 툭툭 꺾으며 산을 올라야 했다. 산에 오르면 왜 이다지 그리움에 목이 메는 것일까.

많은 사람이 나와 함께 걷고 있지만, 이 길은 정녕 나 홀로 걷는 길. 저들 중 누구도 내 마음속 애린愛隣을 알지 못

한다.

숲은 이제 겨울로 접어들어 잠이 들었지만, 잠든 숲의 고요는 찬란했던 가을 숲과는 달리 곰삭은 듯한 은은함이 베여있어 참 좋다. 산은 이렇게 혹독한 겨울을 나기 위한 방법으로 숲속 생명을 고요의 장막 안으로 거둬들이고 있는 것이다.

자연의 지혜는 어쩌면 이리도 순리적인지, 발버둥 치지 않는다. 애원도 하지 않는다. 억지를 부리지도 않는다. 욕심부려 축적도 하지 않는다. 그저 계절이 이끄는 대로 입고 벗고 내어주는 삶을 이어가는 이 순박함. 그 진리를 우리 모두 배워야 할 것 같다.

나는 오늘도 산길을 거닐며 많은 걸 생각한다. 내 마음속 깊이 두어진 어느 누구에 대한 그리움, 지금 이 나이에 되지 않을 일에 대하여 억지를 부리고 발버둥 치고 있다는 사실을, 산을 찾을 때마다 자연의 순응을 배우면서도 생활에 적응하지 못하고 아집을 부리는 이 못난 자아를…….

물론 자신을 돌아볼 줄 아는 그 삶이 귀중하다는 사실은 알지만, 늘 반복하며 허구를 추구하는 내 못난 모습을 보는 것 같아 그것이 안타깝다.

12월의 겨울은 해마다 겪는 계절이지만, 이렇게 해마다 다른 의미로 다가온다.

생각의 끝이 어디인지, 그리움의 끝이 어디인지, 가도 가도 끝없이 이어지는 이 길고 긴 산길만큼 이리도 긴 여운을 남기는 것인지.

도봉산에 올라

해가 저무는 12월 끝자락 도봉산에 올랐다. 한 해를 정리하며 마음을 가다듬기는 산보다 좋은 곳이 없을 듯해서이다. 산에 들면 우선 마음이 평온해지고 잡념이 사라진다. 그리고 자아의 발견이다. 자연 앞에 서면 내 작은 존재를 확인할 수 있고 살아온 지난날들을 조명照明할 수 있어 좋다.

희고 푸른 암벽의 청정함과 그 기상, 적당히 하늘로 치솟다가 내려선 계곡들이 인생의 굴곡과 어찌 그리 닮았는지, 산에서 내 삶의 덧셈 뺄셈을 하여보는 이 순간이 가장 행복하다.

들머릿길 송추계곡에 눈이 덮여 세상이 온통 하얗다. 순백의 눈길을 걸어가는 내 뒤로 선명한 발자국이 남는다. 그러고 보니 지금까지 살아오며 남긴 내 발자국들, 여기저기 찍혀 있을 삶의 흔적 같은 내 발자국이 눈에 아른거린다. 이 좁다란 산길을 걸으며 남긴 발자국도 저리 혼란한데 육십 평생을 넘게 걸어온 흔적들은 얼마나 흉하고 볼썽사나울지.

삼백예순날이 흐르고 흘러 1년이 되고, 1년 2년 흐른 세월이 어느새 이순耳順의 연수를 훌쩍 넘겼지만, 아직도 알 수 없는 것이 인생이다. 청년 시절 남몰래 가졌던 꿈도, 한 번쯤 걸어보고 싶던 인생길도 가보지 못한 채 중년의 세월이 이렇게 저물고 있다.

그러나 아쉬움이야 어찌 없을까만 후회는 하지 않는다. 성경의 위대한 인물 사도바울은 일찍이 그의 동역자들에게 자족의 법을 이렇게 가르쳤다고 한다.

"내가 비천에 처할 줄도 알고 풍부에 처할 줄도 알아 모든 일에 배부르며 배고픔과 풍부와 궁핍에도 일체의 비결을 배웠노라."

이 땅에 잠시 머물다 갈 나그네의 삶이 때론 처절한 경쟁이었고 싸움이었다고들 하지만, 그래도 그 길보다는 조용히 자족하며 살아온 지난날들을 자랑으로 여기고 싶다. 한 해가 저물고 새해가 밝아오는 이맘때면 더욱 그러하다.

나뭇가지에 내려앉았던 새하얀 눈이 바람에 날리고 있다. 반짝반짝 흩뿌리다 어깨에 내려앉아 이내 사라지고, 무심한 세월도 그렇게 어깨 위를 스치듯 지나가 버렸다. 이제 해의 바뀜을 또 한 번 지켜보며, 가고 오는 태양을 향해 손을 흔들어야겠다.

잘 가라고,

어서 오라고.

밤거리를 거닐며

어스름 드는 1월의 거리를 거닐었다. 함박눈이라도 펑펑 쏟아 부을 듯 하늘은 잿빛인데, 아침에 잠깐 흩날리던 눈은 이내 그치고 안개인지 매연인지 모를 뿌연 연무만 하늘 가득 덮고 있다.

연무에 덮인 거리가 어수선해 보인다. 새해가 되었음에도 변함없이 이어지는 단조로운 생활의 답답한 가슴을 저 연무는 더욱 뿌옇게 가로막는다. 털털 털어내지 못한 마음의 상념想念을 아이들 옹알이하듯 홀로 되뇌며 쓸쓸한 겨울 길을 걸었다.

거리에 어둠이 내려앉는다. 1월의 또 하루가 보태어져 과거 속으로 저물어 가는 순간. 시간은 왜 이리 빠르게 지나는지, 한 주의 시작인가 싶으면 금세 주말이 되고, 한 달이 열리는가 싶으면 어느새 월말이 되며, 일 년 삼백예순다섯 날이 물 흐르듯 빠르게 흘러 가버리고, 남는 건 퇴적물처럼 연륜의 숫자만 차곡하게 쌓여간다.

세월은 이렇게 쉴 새 없이 흐르는데 마음은 세월을 따라잡지 못하고 한곳에 머물러, 차가운 겨울밤 까맣게 태운 그리움의 재를 남겨야 하는지.

어둠 속에서 바람이 불어온다. 바람 속에 시린 마음 하나 던지면 그때서야 반짝반짝 누군가의 얼굴이 떠오르고, 그 재미로 밤길을 거닐어야 하는 내 모습이 마치 깃들 곳을 찾지 못해 숲을 헤매는 작은 짐승 같아 서럽게 느껴진다.

가도 가도 끝없는 이 길, 걸으면 상념의 깊은 수렁에 빠져들고 걷지 않으면 고독의 늪 속에 빠져드는 진퇴양난進退兩難의 이 길.

러시아의 시인 푸시킨은 일찍이 "삶이 그대를 속일지라도 슬퍼하거나 노여워하지 말라"고 노래하였는데, 이미 슬픔과 노여움을 버리고 살아온 내 삶이긴 하지만 마음 한구석 휑

하니 지나는 바람은 피할 수가 없다.

저 길바닥에 앉아 오지 않는 손님을 기다리는 늙고 가엾은 노점상의 목덜미를 파고드는 찬바람처럼, 이 가슴 폐부를 스치는 외로움의 찬바람은 어찌할 수 없는 모양이다.

만남과 이별, 생성과 순환

꽃샘바람이 차갑다. 쌀쌀한 겨울 추위가 봄에게 자리를 쉬 내주지 않고 끈질기게 버티고 있다. 그러나 그럼에도 작은 풀꽃은 햇살이 머무는 양지쪽부터 땅을 뚫고 나오기 시작한다. 피고 지고 사라져야 할 때를 거스르지 않고 이어가는 참으로 위대한 자연의 순환이다. 그 파릇한 새순을 보며 새삼 생명의 위대함을 느낀다.

언뜻 보면 자연의 생성과정이 절로 되는 것 같지만, 자세히 보면 길섶의 풀 포기 하나 쉽게 나지 않음을 알 수 있다. 새싹이 돋고 꽃이 피기까지 얼마나 많은 인고의 시간을 견려야 하며, 따사로운 햇살, 땅의 기운과 양분, 그리고 적당히 부는 바람, 때에 따라 내리는 비가 필요하다. 알게 모르게 도움을 주고받으며 생명을 이어가는 자연의 법칙이자 순리이다. 들녘의 풀 한 포기, 꽃 한 송이가 예사롭게 보이지 않는 이유이다.

사람에게 일어나는 크고 작은 일들도 다 그만한 필요에 의해서이다. 사람을 만나고 헤어지는 일 역시 타당한 인연의 고리가 있으리라 믿는다. 어떤 이 하고는 부부로, 어떤 이 하고는 친구로, 어떤 이 하고는 직장동료로, 혹 잠시 만나 스쳐 가는 인연으로 끝맺기도 하지만, 그 많은 만남과 별리別離가 나 스스로 힘만으로 되지 아니함을 생각할 때, 만남과 이별 모두가 소중하단 생각이 드는 것이다. 우리에게 일어나는 작은 일 하나하나가 다 필연적 이유에 의한 것이기 때문이다.

그리고 보니 나와 연을 맺고 있는 주변의 지인들을 다시 한 번 살펴봐야겠다. 이름을 되 내어 보고, 어떤 연유로 만나서 지금 관계는 원만한지, 우리가 엮어가는 이 인연의 고리는 얼마나 곱고 귀한 것인지, 사계절 내내 변치 않고 파릇한 신뢰의 싹을 틔울 수 있도록 마음 다짐부터 해야 되겠다.

새봄, 새순, 새 생명

햇살이 눈 부신 오후, 카메라를 챙겨 들고 아파트정원을 한 바퀴 돌아 인근 들녘과 가까운 산자락을 산책하며 봄이 오는 흔적을 느껴보았다.

아파트의 회색빛 담장 밑이며 보도블록 사이, 그리고 사람의 눈길이 닿지 않는 후미진 구석구석. 언뜻 보면 느끼지 못하고 무심히 지나쳤을 작고 세미한 발자취가 여기저기 그 싱그러운 향기를 풍기며 봄소식을 전해 주고 있다.

언제 이렇게 모습을 드러냈을까. 정원의 산수유는 노란 꽃등을 밝혔고, 햇살 좋은 담장 밑엔 연초록 풀잎들이 소담스럽게 돋아나 밥풀보다 작은 희고 예쁜 꽃을 자랑하고 있다.

들녘 양지바른 곳엔 조금씩 땅이 풀리고 가녀린 새싹들이 기지개를 켜며 도란도란 고갯짓이 한참이다.

산에는 온갖 나무들마다 물이 올라 금방 터질 것 같은 꽃망울을 부풀렸고, 봄의 전령사 진달래는 이미 분홍빛 꽃술을 뾰족이 내밀고 있다.

봄은 만물이 소생하는 계절이다. 그래서 봄은 언제나 감동적이다. 가을에 떨어진 씨앗들이 겨우내 얼지 않고 새싹을 틔우고 있다니, 그 차가운 땅속에서 잠들어 봄을 기다리는 인고의 결실이 사랑스럽고 대견하고 자랑스럽다.

그 작고 여린 잎새마다 새 생명을 일구는 우주의 질서가 숨어 있음이요 하나님의 창조 섭리가 녹아 흐르고 있음이라. 자연을 통해 새 생명, 새 소망, 새 희망을 선물 받으니 고맙기만 하다.

새싹들과 나무의 새순과 풀꽃들을 카메라에 담는데 자연의 움트는 소리가 가슴에 와 담긴다.

숲과 산새들과 봄바람과 내가 하나가 되어 거니는 오솔길에 푸른 하늘이 다가와 자꾸만 품 안으로 파고든다.

그래 이 가슴을 열어 모든 것을 담자. 담아서 놓아주지 말아야지. 소리 없이 찾아온 봄 아씨의 해맑은 미소를, 그 싱그러운 향기를 내 속마음 뜰에 담아 덩달아 이 한 몸 향기를 내 뿜는 자연의 일부가 되자.

세상 가장 고운 언어를 얘기하고, 세상 가장 선한 눈을 가진 그런 사람이 되자.

외로운 나뭇잎

홀로 고독한 나뭇잎을 만났다. 촘촘한 가지에 무성한 형제 나뭇잎을 벗어나 굵은 밑 둥에 외로이 돋아난 나뭇잎. 저 아련히 뻗은 오솔길을 달리고 싶은 마음에서일까?

"내게도 다리가 있다면 아, 내게도 다리가 있다면." 하는 소리를 외치는 것만 같다.

외로움이란 주변에 사람이 없어 외로워지는 건 아니다. 가족과 친구, 이웃이 있어도 외로워질 때가 있다. 자신이 가고자 하는 길을 가지 못할 때, 내 가는 길을 남들이 이해하지 못할 때, 주변에 아무리 많은 사람이 있어도 외로워지는 법이다. 그래서 군중 속의 고독이란 말이 생겨났다.

그러고 보니 저 나뭇잎의 외로움이 곧 내 외로움이었다. 홀로 배낭을 메고 오른 이 적막한 산중에서 문득 밀려오는 외로움, 그래서 저 나뭇잎이 외로워 보였던 것.

내가 왜 이렇게 철저하게 홀로 산을 올라야 하는지, 사실 그 자체로도 이미 나는 외로울 수밖에 없다.

산을 왜 혼자 오르는가. 그것은 자연을 즐기기 위한 이유도 있겠지만, 건강을 지키기 위함이다. 이제 건강을 신경 쓰지 않으면 안 될 나이, 온갖 성인병과 질병으로부터 나를 지키지 않으면 안 될 나이가 된 것이다. 건강을 지키는 일은 고독하고 힘겨운 일이다. 자기와의 싸움이자 인내와 절제의 시험이다.

가족과 형제와 지인들과 이웃이 있어도 철저하게 홀로 이 산중을 헤매야 하는 처지, 밑 둥에 혼자 돋아 미지의 세계를 그리워하는 저 나뭇잎의 외로움을 조금은 알 것도 같다.

싹눈의 꿈

백설로 뒤덮인 겨울 산에는 햇살이 눈부시게 나부끼고 있었지만 두꺼운 방한복을 뚫고 들어오는 칼바람은 살갗을 후벼 팠다. 추워서인지 산새들도 마른 풀 섶에 숨어 이따금 바스락 될 뿐 좀처럼 노래를 들려주지 않았다.

새들도 숨어 잠이 든 이 겨울 산속에서 나무들은 얼마나 추울까? 혹독한 추위를 견디고 서 있는 벌거벗은 나무들의 겨우살이가 궁금했다. 참나무, 졸참나무, 상수리나무, 소나무, 노간주, 진달래, 때죽나무, 산벚나무, 함박꽃나무 등등. 대충 눈에 들어오는 나무들을 유심히 살펴보았다.

아, 그런데 이 얼마나 놀라운 일인가? 혹독한 겨울 한파를 견디는 것도 대견스러운데 가지 끝과 마디마디에는 새봄에 싹을 틔울 싹눈을 달고 있지 않은가. 생명의 고결함이요 위대함이며 생명을 다스리시는 하나님의 섬세하고도 치밀한 손길에 다시 한 번 놀라지 않을 수 없다.

흔히 겨울눈(Winter bud)이라고도 하고 월동아越冬芽라고도 부르는 이 싹눈은 섬세한 털과 끈적끈적한 납 물질로 쌓여 있으며 어지간한 추위에도 얼지 않아 그 속에는 작은 잎이나 꽃잎이 잠자고 있다가 봄이 되면 새싹이 나온다.

싹눈, 그것은 미래에 대한 나무의 꿈이며 소망이다. 비록 나뭇잎을 떨구고 추운 겨울을 견뎌야 하지만 그 가지가지에 싹눈을 달고 있기에 다음을 기약하고 봄을 기약할 수 있다. 이 원리는 나무에만 주어진 것이 아니다. 이 세상을 살아가는 모든 생명체의 삶은 이와 같다.

우리들 마음속에 꿈이 있고 소망이 있다면 그것으로 절반의 성공이다. 꿈과 소망은 곧 싹눈이기 때문이다.

겨울이 아무리 춥고 모질어도 기어코 봄은 오고 마는 법. 그러나 정녕 봄이 오더라도 싹눈이 없다면 새싹을 피우지 못한다.

꿈을 가져야 한다. 할 수 있다는 신념과 노력이 있다면 그 꿈이 싹눈이 되어 활짝 피어오르겠지만, 미래에 대한 비전과 꿈이 없다면 피울 싹도 꽃도 없을 것이다.

가을 산책길에서

어느 가을 오후, 붉게 물들어 가는 계양산 자락의 산책길을 홀로 거닐었다. 깊어가는 가을 산, 나뭇잎들은 붉은 옷을 갈아입고 가을 정치에 흠뻑 젖어 오가는 이들을 마음조차 가을빛으로 물들여 놓았다. 작은 바람결에도 나뭇잎은 우수수 어깨 위에 떨어지고, 땅 아래 수북이 쌓인 가랑잎을 밟으며 걷노라니 핏빛 같은 그리움의 감정들이 울컥 목구멍까지 솟구쳐 올라온다.

"정말 이 길은 혼자서는 도저히 걸을 수가 없을 것 같아."

나도 모르게 혼자 중얼거리며 누구에겐가 전화를 걸어야만 할 것 같단 생각을 했다. 그리운 사람을 불러내어 해지는 가을 산을 늦도록 방황하며 도란도란 마음속에 담아둔 이야기, 아니 생활에 쫓겨 미처 다하지 못했던 이야기를 나누고 싶었다.

휴대폰을 꺼내 들고 주소록 조회를 해보았다. 카카오스토리 친구 중 누구를 불러내 볼까. 아니면 문학동우회 회원 중에서, 아니 이 분위기엔 블로거 중 어느 분이 좋을 것 같아. 그것보다는 산에 왔으니 산악회 회원 중에서……

그러나 주소록에 적힌 사람은 많았지만, 이 시간 나와 함께 해 줄 사람, 부르면 뛰쳐나와 대화의 상대가 되어 줄 사람이 문득 떠오르지 않았다.

"그래, 이 시간 누굴 불러내 불러내긴."

전화를 걸어 사람을 불러내야겠단 생각을 포기하고 언덕을 걸어 약수터로 향하는 길을 걷는데 사십 대 후반쯤으로 보이는 부부 한 쌍이 낙엽을 맞으며 다정스럽게 걷고 있었다.

여자분이 낙엽을 한 움큼 주어 하늘에 뿌리면 남자는 즐거운 듯 사진을 찍고, 때론 마주 보며, 때론 팔짱을 끼고, 넘어질 듯 서로의 어깨를 의지하며 하하 호호 웃으며 걷는 그 모습이 너무나 다정스러워 보였다.

그리고 보니 불과 몇 시간 전에 보았던 아내의 얼굴이 떠오르며 울컥 보고 싶은 생각이 들었다. 아내는 처제 집에 볼일이 있다며 아침 일찍 서울에 가고 없는 터. 시계를 보니 집에 올 시간이 된 것 같다.

주머니에 넣었던 휴대폰을 꺼내 아내에게 전화했다. 마침 경인고속도로 입구에 들어섰단다. 집으로 향하지 말고 계양산 쪽으로 와 만나자고 했다. 그렇게 아내와 예정에 없던 데이트를 즐기게 되었다.

가고 있는 가을의 끝자락, 그 가을 숲길에서 연예 시절로 돌아가, 우리도 앞서 보았던 부부의 그 다정스런 모습을 흉내 내며 낙엽과 함께 우리의 마음도 두둥실 하늘로 뛰어보았다.

결국 아내와 함께한 데이트 시간, 산길을 내려오는 중년 부부의 옷자락에 붉은 노을빛이, 붉은 나뭇잎이, 곱게 내려앉아 가을 같은 부부의 옷 섶을 적셔주었다.

바위틈 작은 갈참나무

험한 산길 비탈진 바위틈, 홀로 외로이 뿌리를 내리고 힘겹게 살아가는 작은 갈참나무 한 그루를 만났다. 얼마나 척박한 땅이었던지 주변엔 그 질기디질긴 풀 한 포기 돋지 않았다. 거친 돌짝밭 황무지가 바로 이런 곳이구나 싶었다.

나무의 밑 둥을 보니 제법 굵다. 인고의 시간을 반영하듯 거친 주름과 터진 껍질 속에 세월의 옹이가 박혀있다. 그곳에 터를 잡고 목숨을 이어 간 지가 몇 해 된 것 같아 애잔한 마음으로 카메라에 담아 보았다.

비록 무성한 나뭇잎을 달지 못하고, 실한 도토리 열매를 주렁주렁 맺을 수 없더라도 삶에 대한 애착을 놓지 않는다면 생명은 쉽사리 무너지지 않는 법. 하늘에서 비 오기를 소리 없이 기다리며 묵묵히 현실을 받아들이고 환경에 순응하는 모습이 가슴 찡하도록 대견해 보인다.

그래, 사람이나 동식물 할 것 없이 목숨이란 다 이 모양 저 모양 이어 가기 마련이다. 모두 같을 수 없고, 모두 좋은 자리만 차지할 수 없는 법. 기름진 옥토에 뿌리를 내려 울창한 숲을 이루는 나무가 있는가 하면, 이처럼 돌짝밭 바위틈에 뿌리를 내려 운치를 더해 주는 나무도 있다.

만약 저 갈참나무 한그루가 바위틈에 뿌리를 내리지 않았다면 황량한 돌밭은 얼마나 더 삭막했겠으며, 지나는 이들의 눈길을 사로잡을 수 있었겠는가.

비록 외롭고 쓸쓸하고 살기에 버겁다지만 갈참나무는 돌밭에 푸른빛을 뿌리고, 삶의 희망을 주며, 가능성을 보여 주고 있다. 또 이렇게 시인의 마음속에 깊이 각인되는 영광을 얻지 않았던가.

그러고 보니 하나님의 창조 세계에는 불공평한 것은 하나도 없다. 나름대로 다 필요 적절한 곳에서 쓰임 받고 있기 때문이다.

돌아서는 발걸음이 부끄럽다. 참지 못하고, 한탄하고, 비틀거리는 인생들. 때론 중도에 포기하는 일은 얼마나 많은가. 그 의지가 약한 우리 인생들에게 나무가 주는 무언無言의 교훈, 그 무언의 교훈 앞에 많이 부끄럽다.

회상回想과 다짐

어제는 소백산을 다녀왔다. 생각지도 않게 백설이 뒤덮인 설산雪山을 보게 되어 얼마나 반가웠던지.

산은 사시사철 다른 모습으로 운치를 달리하고 우리를 맞아주는데, 나는 산에게 주는 것 없이 늘 받고만 사니 조금 미안하기도 하다. 산에 가면 많은 것을 값없이 받아만 온다. 맑은 공기, 청명한 하늘, 고적한 분위기, 산속 친구들의 노랫소리. 그런 것들을 한 아름 가슴에 품고 오면 한 주간 내내 마음이 편안해진다.

그러고 보니 이제 올가을도 저물고 겨울이 성큼 다가오

고 있다. 깨알 같던 달력의 숫자들도 거의 지워가고, 올해가 얼마 남지 않았음을 고하고 있다. 이렇게 한 해가 저물어 갈 때 즈음엔 늘 지난날에 대한 아쉬움이 남는다. 부지런히 살겠다고 노력은 하였으나 무엇인가 부족함이 있고 손에 잡히지 않는 공허함이 있다. 가슴이 시리고 허허롭기도 하다.

그러나 올해는 수확도 많았다. 좋은 사람들을 많이 만나 즐거운 산행을 하게 되었고, 그 속에서 많은 벗도 만나게 되었다. 나이 들어가며 사람을 사귄다는 게 그리 쉽지 않은 일이긴 하지만, 지금까지 내가 살아왔던 테두리를 벗어나 전혀 새로운 환경의 사람들을 사귄다는 게 이렇게 즐거운 일인지 예전엔 미처 몰랐었다.

이제 난 이렇게 살려고 한다. 아직은 벗지 못할 결박이 얽매고 있긴 하지만, 억지로 벗어나려고 발버둥 치지는 않겠다. 배낭 하나 메고 산행을 즐기며 살고 싶다.

밖에 비가 내린다. 차가운 가을비를 맞은 포플러 잎사귀가 힘없이 떨어져 날린다. 가을비를 맞으며 길을 걷고 싶다. 마지막 남은 잎새를 보며 얼마 남지 않은 묵은해를 정리하고 싶다. 구멍 송송 뚫린 나뭇잎들의 수많은 사연처럼 지난 한 해 살아온 날들을 조용히 회상하고 싶다.

비 오는 날의 단상
– 우중 산행을 하며

비가 내렸다. 오랜 가뭄 끝에 내린 단비였기에 여간 반갑지 않다. 산을 오르기 위해 우비를 걸쳐 입고 집을 나섰다. 비가 그치면 가라는 아내의 만류도 뿌리친 채 성큼성큼 내달아 인근 산엘 올랐다. 나무들의 웃는 모습, 숲이 기뻐 떠드는 소리를 어서 느끼고 싶어서였다.

산 들머리에 이르자 촉촉이 비를 품은 산비탈에서 향긋한 숲 향이 코끝에 와 닿는다.

"아, 얼마 만에 맡아보는 촉촉한 숲의 향기인가."

코를 벌름거리며 심호흡을 하고 산을 오르자니 나무들이

생기를 머금고 있다. 나뭇잎들이 벙긋벙긋 웃으며 기뻐 재
잘거리고 있다. 그동안 축 처졌던 가지는 힘찬 기세로 솟구
쳐 잎을 뽐내고 있다.

"아, 고마운 단비."

목마른 대지 위에 뿌려진 생명 같은 단비, 얼마나 감사한
지 나도 모르게 고마움의 함성을 질렀다.

그동안 사람도, 동물도, 식물도, 얼마나 목말라 기다렸던
단비인가. 논밭이 갈라져 농작물 피해는 말할 것도 없고,
산의 작은 나무들이 말라가고, 큰 나무들이 생존을 위해
스스로 나뭇잎을 떨쳐 버리는 현상이 일어나기도 하였다.
크고 작은 웅덩이와 계곡물이 말라 수서 곤충들의 생존이
위태로웠다. 그런데 조금 늦은 감은 있지만, 그 애타게 기다
리던 단비가 내린 것이다. 얼마나 고마운 단비인가.

생명의 젖줄 단비를 몸으로 느끼며 산을 내릴 때, 숲 어
디선가 뻐꾸기 한 마리의 짝을 찾는 노래가 적막을 깨운다.

"뻐꾹, 뻐꾹, 뻐뻐꾹……."

4. 이런저런 이야기

사람들은 누구나 고통을 싫어한다.
고되고 힘든 일은 하지 않으려고 하고,
조금만 통증이 와도 몸부림을 치며 모면하기 급급해 한다.
그러나 그 아픔과 고통 속에서
문득 내가 살아 있음을 확인할 때가 얼마나 많은지.
아픔은 분명 참기 어렵고 힘겨운 증상이긴 하지만,
한편 그 통증은 우리의 삶을 조명케 하고, 내 삶의 현실과 자아를
비춰주는 거울이기도 하다.

– 본문〈아픔을 느낀다는 것〉 중에서

친자 확인

어느 아이가 불치의 병에 걸려 병원에 입원하게 되었다. 이런저런 검사를 받게 되었는데 병원 측에서 그 아이의 부모에게 하는 말이, 이 아이가 친자식이 아니라는 기막힌 말이었다.

처음엔 그 말이 무슨 말인지 몰라서 한숨만 쉬고 있다가 가만히 생각해 보니, 아닌 게 아니라 이 아이가 어릴 때부터 부부를 닮은 구석이라곤 하나도 없어 이상하게 생각을 했었다.

이리저리 수소문해서 내막을 알고 보니, 산부인과에서 실수로 바뀐 아이를 15년 동안 모르고 키웠던 것이다.

부부는 어찌어찌 친자식을 찾았다. 그 아이가 다니는 학교로 얼굴이라도 볼 마음에 몰래 갔었는데, 고만고만한 녀석들이 우르르 섞여 교문을 나서는 중에서도 한눈에 자기 친자식을 알아보겠더라는 것. 척 보는 순간 전기가 짜르르 오는 게 벌써 저게 내 새끼다 싶고, 가슴이 뛰고 정신이 하나도 없더라는 것. 피는 물보다 진하다는 말이 실감이 나는 순간이다.

다른 이야기이다. 장가도 들지 못한 채 장돌뱅이로 늙어 버린 왼손잡이 허생원은, 메밀꽃이 흐드러지게 핀 달밤, 단 한 차례 봉평의 물레방앗간에서 갑작스레 치러진 부잣집 처자와의 사랑을 잊지 못하고 있다.

한편 봉평서 태어났다는 어렴풋한 이야기만 전해 들었을 뿐, 혼자 늙어 버린 어머니가 혈육의 전부라는 동이는 아버지에 대해서는 전혀 들은 바 없이 어려서부터 장터를 돌며 이력을 늘려왔다.

그러던 어느 날, 봉평서 장을 파하고 별을 따다 뿌려 놓은 듯 온 천지가 하얀 꽃으로 덮힌 메밀밭을 지나 제천 장을 보러 허생원과 그의 친구 조선달, 그리고 동이, 세 사람은 거나하게 취한 채 팔십 리 밤길을 두런두런 이야기를 나누며 걸었다.

그런데 허생원은 언제부터 왠지 모르게 동이한테는 마음이 살갑게 닿았다. 허생원이 개울을 건너다 발을 헛디뎌 넘어졌을 때, 젊은 동이가 업고 건너게 되었다. 그때 동이의 실팍한 등에서 이전부터 왠지 끌리는 마음이던 허생원은 마침내 동이가 왼손잡이인 것을 알았다. 동이가 말을 모는 것을 보았는데 왼손을 쓰고 있었다.

제천 어딘가에서 주막을 트고 살고 있다는 동이 어미를 꼭 한 번 만나 보아야겠다고 마음을 먹는 것으로, 은하수처럼 아련한 이효석의 『메밀꽃 필 무렵』은 끝을 맺는다.

요즘 유전자 감식을 통해 친자 확인을 하는 사람들이 많다고 한다. 불신의 시대 우울한 현상이 아닐 수 없다.

그러나 이효석의 메밀꽃 필 무렵에서와 같은 인간미 넘치는 직감이나 정황으로 판단할 수는 없는 것일까? 자식은 핏줄인지라 눈으로 보면 알 수 있는 법. 제발 이것만은 나를 안 닮았으면 좋겠다는 부분까지 왜 그리 닮는지, 유전자 감식까지 갈 필요가 있을까.

불신의 시대, 각박한 인간미가 무섭고 두렵다.

무용지용 無用之用

어떤 나무 동산에 잘 가꾸어진 나무들이 울창한 숲을 이루며 목재로 사용될 날만을 기다리고 있었다. 그런데 올곧게 쭉쭉 뻗은 나무들 사이로 초라하게 휘어져 못쓰게 된 나무 한 그루가 서 있었다.

나무들은 자기들의 자태를 뽐내며 휘어져 못생긴 나무를 놀려댔다.

"얘, 넌 목재로도 사용 못 하고 참 딱하게 되었구나."

그런 소리를 들을 때마다 못생긴 나무는 쥐구멍에라도 들어가고 싶었지만, 그도 마음대로 할 수 없는 나무의 처지였다.

그러던 어느 날 벌목을 하기 위하여 마을 사람들이 산에 올라왔다. 흡족할 만치 곧게 자란 나무들을 하나하나 잘라내기 시작했다. 나무들은 잘려나가는 아픔을 감수하며 더 좋은 목재가 되어 주인의 사랑을 받을 날을 고대하며 기꺼이 아픔을 참고 있었다.

이윽고 벌목꾼들이 못생긴 나무 앞에 이르렀다. 나무를 본 벌목꾼들이, "에이 이 나무는 못쓰겠구먼, 다음에 잘라서 불이나 때야 되겠어."라며 다른 모든 나무만 베어 간 채 그 못생긴 나무만 외로이 놓아두었다. 홀로 남겨진 나무는 너무나 외로웠고 신세가 한심하여 하염없이 눈물만 나왔다.

그런 일이 있고 이제 무더운 여름이 찾아왔다. 여름이 되면 동네 사람들은 울창한 산림에 와서 나무그늘 아래 쉬기도 하곤 했었는데, 이제 나무를 다 잘라버렸으니 쉴만한 그늘이 없었다. 그런데 햇볕이 쨍쨍 내리쬐던 어느 날 시원한 나무그늘이 그리웠던 마을 주민들 눈에 울창하게 가지를 뻗은 나무 한 그루가 보이는 것이었다. 그 나무는 휘어져 못생기게 자라 아무짝에도 쓸데없어 나중에 불이나 때려고 놓아두었던 그 못생긴 나무였다. 주민들은 그 나무그늘 아래 자리를 펴고 앉아 그때야 이 나무의 또 다른 필요성을 느끼며 고마워했다는 이야기이다.

무용지용無用之用.

그렇다. 우리 주변을 보면 우리가 잘 느끼지 못하고 감사할 줄 모르고 살지만 사실 우리 주위에 있는 모든 것들은 서로 도우며 살고 있다.

이 세상에 우리가 쓸모없다고 생각하며 귀찮아하고, 멀리하고, 손가락질하며 놀릴 수 있는 것은 아무것도 없다는 말이다. 버리려고 제쳐놓았던 폐품이 어느 날 필요할 때가 생기고, 생각지도 않던 물건이 필요 이상의 진가를 발휘할 때가 있다.

사람도 이와 같아서 잘난 사람 못난 사람, 공부 잘하는 아이 못하는 아이로 이분법적 구분을 해서는 안 된다. 다 자기의 개성과 특기, 성격대로 살아가기 마련이며, 적소적소 필요한 곳에서 진가를 발휘할 것이기 때문이다.

너무 지나치게 좋은 것과 잘나 보이는 것만 선호하지 말자. 못나 보이는 것이 뜻밖에 내게 필요한 것임을 문득문득 느끼게 될 것이다.

차라리 아마추어가 되자

우리는 아마추어(Amateur)란 말을 자주 쓴다.

"나는 아직 아마추어인데 뭐!"

"내 실력은 아마추어밖에 안 돼."

"아마추어가 별수 있어!"

자신이 하는 일이 서툴거나 어설픈 상태일 때 흔히 쓰는 말이다. 그러나 그 말의 어원이 어디에서 왔는지, 그리고 본래의 의미가 무엇인지 정확히 안다면 그렇게 함부로 말하지 못할 것이다.

일반적으로 아마추어란 말은, 야구나 골프, 테니스 등의 운동을 취미로 즐기는 사람들을 일컬어 쓰이는 것 외에, 본업이 아닌 취미로 하는 여러 일을 총칭하여 쓰인다. 한마디로 아마추어라는 말은 어떤 일을 직업적으로 하는 사람이 아닌 취미 삼아 하는 사람을 뜻한다.

그러다 보니 우리가 생각하기엔 아마추어이기 때문에 프로보다는 적당히 해도 된다는 의미가 그 속에 포함되지 않았을까 하는 고정관념에 빠지기 쉽다. 그러나 아마추어란 단어의 어원을 조금 깊게 살펴보면 전혀 그렇지 않음을 알 수 있다.

아마추어의 어원은 라틴어 'amator', 즉 '무엇을 사랑하는 사람' 혹은 '애호가'란 뜻에서 유래되었으며 직업(프로페셔널 Professional)에 대응하는 말이다.

우리가 어떤 직업을 가졌든지, 예를 들면 교사나 변호사, 의사, 과학자, 작가, 음악가, 공무원, 회사원, 사업가, 연예인 등등. 자신이 하는 일을 잘하기 위해서 가장 중요한 것은 자신이 하는 일을 사랑하는 마음을 가지는 것이다. 그러나 솔직히 직업은 먹고살기 위해서는 반드시 해야 하는 일이다. 자기 직업에 만족하지 못하는 사람이 있어도 생활을 위해서 마지못해 하는 것이 직업이다.

이에 반하여 취미에 가까운 아마추어는 그 일을 사랑하기에 하는 것이다. 누가 그것을 하지 않는다고 뭐라는 이가 없어도, 않는다고 해서 생계에 지장을 초래하지 않음에도 불구하고 하는 이유는, 그냥 그 일이 좋으므로 하는 것이다. 그렇다면 어떤 한 가지 일에 대하여 아마추어가 프로보다 훨씬 그 일에 대한 애착과 사랑이 더 한 것이다.

만약 우리가 아마추어란 단어가 가진 원래의 의미인 '무엇을 사랑하는 사람'이란 뜻에 맞도록 내가 하는 부수적인 일들에 대하여 사랑과 연민을 가지고 일한다면, 우리는 우리가 하는 일에 대한 책임감이 주는 부담은 훨씬 가벼워질 것이다. 억지로가 아니라 내가 그 일을 사랑해서 하기 때문이다. 그뿐 아니라 아마추어이기 때문에 이 정도밖에 안 된다는 자기 비하의 발언도 할 수 없을 것이다.

그리스의 속담에 '사랑하는 마음은 항상 젊다'는 말이 있다. 이 말은 우리에게 아마추어라는 단어의 더 풍부한 의미를 알려준다.

사랑하자. 이왕 내가 할 일이라면 그 일을 사랑하자. 억지로 하는 일은 이미 그 일을 사랑하지 않기 때문에 마음에 부담만 안겨다 주게 된다.

우린 이제 무슨 일을 하든지 프로가 되겠다는 생각에 앞서 차라리 진정한 아마추어가 되겠노라는 생각을 가져보는 것은 어떨까.

못생긴 사람의 부재

　오랜만에 버스를 탔다. 대학교가 밀집해 있는 어느 정류장, 남녀 대학생들이 좁은 버스 안으로 밀고 들어와 금방 자리를 꽉 채웠다.

　한결같이 생기발랄한 얼굴들, 쭉쭉 뻗은 몸매, 주위를 의식하지 않고 쏟아내는 저 말들, 그리고 자신감. 자리를 차지하지 못한 남학생들의 키는 버스 천장에 닿을 만큼 훌쭉훌쭉하다.

　저들이 저렇게 건강하고 자유분방하게, 그리고 어느 선진국에 내어놓아도 절대 뒤지지 않을 만큼 늘씬늘씬하게 성장할 수 있었던 것은, 어려운 시절을 살아오면서도 자식 하나 잘되길 바라며 무던히도 애쓰고 고생했던 부모들 노력의 대가이다.

격동의 시대, 굵직굵직한 역사의 풍랑을 겪으면서도 경제를 일으키고, 자녀 손자들을 저처럼 잘 키운 이 땅의 부모님들께 찬사를 보내고 싶다. 저들을 바라보고 있자니 약간 부러운 생각이 들었다.

"나도 한 세대만 늦게 태어났더라면……."

물론 부질없는 생각이라는 걸 알지만, 나보다 우월한 자들의 앞에서 가질 수 있는 인간의 본능적 심리이다.

그러고 보니 여학생들의 얼굴이 모두 예쁘고 잘 생겼다. 작고 곱상한 얼굴에 화장술까지 더해져 못생긴 사람을 찾아볼 수 없다.

보기 좋은 몸매에 산뜻하고 발랄한 옷맵시로 각자의 미모를 자랑하고 있다. 잘 가꾸고 치장한 얼굴들, 하나같이 생기발랄하고 예뻐서 못 생겨 고민하는 학생은 없어 보인다.

그런데 뉴스를 들으면 그런 것도 아닌 것 같다. 방학 때나 연초엔 성형외과가 만원이란다. 다이어트를 하다 거식증에 걸린 여자의 섬뜩한 모습이 소개되기도 한다. 어느 여학생이 지방 흡입술을 받다 숨졌다는 안타까운 소식도 들린다.

눈까풀 수술은 초등학교, 중학교 때부터 누구나 하는 보편적인 수술로 굳어졌다. 유방확대 시술이나 코 높이는 수술은 수술도 아니라니, 그렇게들 턱뼈를 깎고 광대뼈를 낮추는 걸 대수롭지 않게 생각하는 모양이다.

"그러고 보니 저들 중 상당수는 성형미인들……."

그럴 리가 없겠지 싶으면서도 학생들 얼굴을 다시 한 번 쳐다보았다. 작은 얼굴, 오뚝한 코, 누구나 다 있는 쌍까풀, 예전 우리의 모습은 분명 아니다. 우리 어머니 누이들은 저렇게 생기지 않았다. 동양인은 원래 눈까풀이 귀하다. 전체적으로 둥근 얼굴형에 광대뼈와 코의 높낮이가 개인에 따라 여러 형태의 개성미를 자아냈으며 복스럽고 다정한 얼굴이었다.

그런데 지금은 다 똑같다. 다양성도 없어졌다. 연예인이나 모델이나 일반인 모두가 잘생겨서 못생긴 사람을 찾아볼 수 없다.

누가 우리 사회를 이렇게 못생긴 사람이 부재한 사회로 만들었을까. 한국인의 유전자가 우리의 몸에서 갑자기 몽땅 빠져나간 것일까?

실력보다는 외모를 중시하는 우리 사회의 고질적 병 때문이다. 외모와는 아무 상관없는 직장에서 외모를 따진다. 지금은 많이 좋아졌다고는 하지만, 여전히 외모에 따라 불이익을 받는다고 생각하는 여성들이 많다. 그러다 보니 어쩔 수 없이 성형해서라도 예뻐 보여야 한다는 것이다.

그렇게 성형 수술이 유행처럼 번지다 보니 우리나라 성형 수술 실력은 외국에서도 알아주게 되었고, 아시아 각국과 심지어 유럽에서까지 수술 원정을 온다고 하니 웃어야 할지 울어야 할지 분간이 서지 않는다.

참으로 씁쓸하다. 못생긴 사람이 없어서 서글픈 사회, 우리 사회가 외형중시 풍조에서 어서 벗어났으면 좋겠다.

졸업 시즌만 되면 어린 여학생들이 줄줄이 성형외과를 찾는 일이 없었으면 좋겠다.

획일화를 강조하지 아니하고 각자의 개성을 중히 여기는 사회가 어서 왔으면 하고 바라본다.

숨바꼭질

어린 시절에 하는 재미있는 놀이 중의 하나가 숨바꼭질이다. 술래잡기라고도 부르는 이 숨바꼭질은 숨고 찾아내는 재미가 여간 즐겁지 않다.

놀이기구가 없던 어린 시절, 찾고 쫓으며 골목을 헤집고 뛰어다녔던 추억이 스크린처럼 뇌리에 펼쳐진다.

그렇다면 숨바꼭질을 제일 먼저 한 사람은 누구일까? 구약성경 속에서 찾아보는 것도 의미가 있을 것 같다. 창세기 3장 8절 이하에 보면 이런 기록이 있다. "그들이 그날 바람이 불 때 동산에 거니시는 여호와 하나님의 소리를 듣고 아담과 그의 아내가 여호와 하나님의 낯을 피하여 동산 나무 사이에 숨은지라 여호와 하나님이 아담을 부르시며 그에게 이르시되 네가 어디 있느냐 이르되 내가 동산에서 하나님의 소리를 듣고 내가 벗었으므로 두려워하여 숨었나이다."

에덴동산에서 하나님이 술래가 되고 아담과 하와는 숨었다. 즉, 술래잡기의 시작은 아담과 하와였고, 그 유래는 바로 죄 때문이었다.

성경대로라면, 아담과 그의 아내가 선악과를 따먹은 불순종의 죄를 짓지 않았다면 에덴동산의 술래잡기는 없었을 것이다.

오늘날도 죄를 지은 사람들은 몸을 감추려고 한다. 죄를 짓고 끌려가는 자들에게 기자들이 카메라를 들이대면 옷으로 가리고, 손으로 가리고, 온몸을 움츠리는 것을 보게 된다. 또 커다란 마스크를 쓰고 사정기관에 나타나는 사람도 있다. 나는 그 광경을 볼 때마다 "그래도 부끄러움을 아니 다행이다."라는 생각을 한다.

숨바꼭질, 어린 시절 추억으로 남아있는 숨바꼭질이 요즘 어른들의 변형된 숨바꼭질로 인해 눈살이 찌푸려진다. 몰래 숨어서 하는 도박, 은밀히 하는 마약, 심지어 두더지처럼 땅굴을 파 송유관에 구멍을 뚫고 기름을 훔친 무리도 있으니, 이쯤 되면 숨바꼭질도 장난을 넘어 중한 범죄 행위이다. 역시 숨바꼭질은 아담의 범죄로부터 시작된 것이 맞는 모양이다. 그러나 한 가지 분명한 사실은, 아담이 그의 아내와 아무리 깊은 숲에 몸을 숨기려 했지만, 하나님의 눈길을 피할 수는 없었다.

요즘 우리 사회에 크고 작은 범죄를 저지르고 몸을 숨기려는 범법자들이 너무 많다. 그러나 결국 발각된다는 사실을 깨닫고, 나라와 국민을 향해 술래잡기를 걸어오는 어리석음을 금하였으면 좋겠다.

십자가의 의미

기독교에서 십자가의 의미는 무엇일까? 간혹 생각해 보는 문제이다. 십자가는 예수께서 사형당할 때 쓰인 형틀이다. 십자가 자체는 나무로 만든 형틀에 불과하지만, 인류의 죄를 대속하기 위하여 진 십자가이기에 특별한 의미를 부여하는 것이다.

생각해 보자. 양손과 발에 대못을 박아 뙤약볕에 걸어 놓은 형벌이니 죽기까지 얼마나 고통스러울지, 생각만 해도 끔찍스런 사형 방식임에 틀림이 없다.

그래서 오늘날 교회와 성도는 예수를 따라가는 제자로서 자신이 짊어질 십자가에 대하여 말하기도 한다. "십자가를 내가 지고 주를 따라가도다."라는 찬송 가사도 있고, 성경 여기저기에 십자가의 도道를 따를 것을 가르치고 있다.

그런데 어떤 성도가 하소연을 쏟아 놓는다. 하나님께서 자신에게 너무 많은 십자가를 지워 힘들다는 것이다. 그 내용은 이렇다. 첫째아들 병영문제, 둘째아들 대학문제, 금전 문제 등등. 그런 모든 것이 자신에겐 감당 못 할 십자 가란다.

박정희 군사정권 시절, 박정희 대통령은 유신헌법을 감행하기 위하여 대국민 담화를 발표한 적이 있었다. 그 담화문에서 박정희 대통령은, 조국 근대화를 위하여 자신이 다시한 번 대통령이 되지 않으면 안 될 것 같다며 십자가를 지는 심정으로 그 길을 가겠노라고 했다.

이 외에도 기독교와는 아무 상관없는 사람들이 어렵고 힘든 난관 앞에서 십자가 운운하는 경우를 자주 보게된다.

기독교인은 말할 것도 없고, 비기독인 중에도 십자가를 빗대어 자신의 어려움을 호소하는 사람들이 많다. 조금만 어려움에 부닥치면 자신이 진 십자가가 무겁다고 하소연한다. 과연 사람들이 십자가, 십자가 하면서 십자가의 의미를 바르게 인식하고 있는지 궁금하지 않을 수 없다.

  십자가는 고난이요 힘든 일의 상징인 것은 분명하나, 진
리를 위해 당하는 고난, 복음을 전파하다 당하는 핍박과
억압, 예수님을 전파하다 얻은 환란을 십자가라 하는 것
이지, 곗돈 뜯기고, 사기당하고, 자식의 대학문제, 남편의
술버릇으로 오는 일상사의 어려움을 십자가라 해서는 안
된다.
  정권을 거머쥐기 위한 술수를 십자가를 지는 것이라 할
수 없다.
  십자가는 그렇게 가벼운 것이 아니다.

아픔을 느낀다는 것

세계적인 나병 권위자인 미국의 폴 브랜드 박사의 체험담이다.

어느 날 밤 그는 양말을 벗으려는 순간 발뒤꿈치에 아무런 감각이 없는 것을 느끼게 되었다. 얼마 전까지만 해도 그는 인도에서 수많은 나병 환자들을 치료했던 터라 그 수술경험을 떠올리며 불안한 마음으로 핀을 들어 발을 찔러보았다. 찔린 부위에서는 피가 솟아나는 데 아무런 감각을 느낄 수가 없었다. 순간 자신도 나병에 감염되었다는 것을 직감한 그는 밤새 잠을 이루지 못한 채 버림받고 살아갈 자신의 모습을 상상해 보며 괴로워하며 뜬눈으로 밤을 지새웠다.

그의 평생 중 가장 큰 고통의 밤이 지나고, 밝아오는 아침 해를 바라보았지만, 이제는 더는 희망찬 아침을 맞이할 수 없을 뿐만 아니라 가슴에 큰 절망만이 가득했다. 그러면서도 다시 한 번 혹시나 하는 마음으로 핀을 들어 발을 찔러보았다. 그런데 순간 온몸을 전율케 하는 아픔이 느껴지며 자기도 모르게 고함을 지르고 말았다.

그러고 보니 어제는 장시간의 무리한 여행으로 발 신경의 한 부분이 잠시 마비되었던 것이다. 그것도 모르고 실의와 좌절에 빠져서 한밤을 지새웠음을 생각하니 박사는 신중하게 확인해 보지도 않은 채 실망만 앞세운 자신이 부끄러웠다.

그 후 브랜드 박사는 실수로 손가락을 베거나 발목을 삐거나 그 어떠한 고통을 당하여도 그 아픔을 진심으로 감사했다고 한다.

사람들은 누구나 고통을 싫어한다. 고되고 힘든 일은 하지 않으려고 하고, 조금만 통증이 와도 몸부림을 치며 모면하기 급급해 한다. 그러나 그 아픔과 고통 속에서 문득 내가 살아 있음을 확인할 때가 얼마나 많은지.

우리가 뜻하지 않는 급작스러운 일을 당할 때 살갗을 꼬집어보는 이유는 바로 그 통증을 느낌으로 인하여 지금의 일이 현실인지 아닌지를 알겠다는 것이다.

그렇다면 아픔은 분명 참기 어렵고 힘겨운 증상이긴 하지만, 한편 그 통증은 우리의 삶을 조명케 하고, 내 삶의 현실과 자아를 비춰주는 거울이기도 하다.

단지, 우리에게 찾아오는 아픔의 순간들을 어떻게 받아들이느냐의 문제이다. 한없는 실의와 좌절에 빠져 그 아픔을 비켜서려고만 한다면, 그 사람은 저 아픔 너머 찬란한 승리의 영광을 느끼지 못하고 영원한 패배의 나락에 떨어지고 말 것이다. 그러나 그 아픔을 내 삶을 더욱 값지게 단련시켜주는 연단의 기회로 삼아 잘 참아준다면 그의 삶은 참으로 멋진 새로운 길을 열어가게 될 것이다.

고통은 바로 내가 살아있다는 증거이다. 병실에 40여 일 입원하여 깨달은 것은, 될 수 있으면 아프지 말아야겠지만, 그 아픔을 통해 얻은 것도 많다는 사실이다. 건강했던 지난날이 소중했음을 알게 되었고, 고통 중에도 살아있음이 감사했고, 다시 건강한 모습으로 회복될 것을 소망하며 삶에 대한 애착을 느낄 수 있어 감사했다.

들녘 한 그루의 나무라 할지라도 거친 비바람을 온몸으로 맞을 때야 만이 그 자리에 뿌리를 내리는 것처럼, 아픔을 느낀다는 것, 그것은 우리의 삶을 찬란하게 꽃피울 좋은 기회이기도 하다.

있으나 마나 한 사람이 되자

우리는 어려서부터 선생님이나 웃어른들로부터 귀에 못이 박히게 듣고 자란 말이 있다. 그 말은 '꼭 필요로 하는 사람', '없어서는 안 될 사람'이 되라는 것이다.

이 세상에는 세 부류의 사람이 있는데, '있어서는 안 되는 사람'과 '있으나 마나 한 사람', 그리고 '없어서는 안 되는 사람'이다. 그리고 우리는 없어서는 안 될 사람이 되어야 한다고 늘 배워 왔다.

어른들의 가르침이 틀림이 없는 것은 사실이다. 사람으로 태어난 이상 자기의 몫을 톡톡히 해내는 필요한 존재가 되어야 하는 건 너무나 당연하기 때문이다. 그러나 어떤 의미에서 곰곰이 생각해 볼 때, 세상에 큰 문젯거리가 되는 사람은 있으나 마나 한 사람도 아니고, 있어서는 아니 되는 사람도 아니며, 오히려 없어서는 아니 되는 사람이라고 할 수 있다. 세상이 시끄러울 때 그 안을 들여다보면, 모두가 나는 없어서는 안 되는 사람이라고 자기를 내세우는 사람들에 의해서 시끄러워지는 것을 보게 된다.

요즘은 선거가 잦다. 지방자치 단체장부터 국회의원과 대통령 선거, 거기다 각종 보궐선거까지 해야 하니 거의 매년 선거를 치르는 셈이다. 그런데 그 선거전에 뛰어든 후보마다 자신을 선택해 달라고 호소한다. 다른 후보가 선출되면 안 된다고 한다. 자신만이 지역사회를 위해 혹은 국가를 위해 없어서는 안 되는 사람이라고 자신을 강변한다. 물론 선거에 뛰어든 후보자로선 당연한 일이다.

그러나 곰곰이 생각해 보면 이 세상을 이끌어나갈 사람은 없어서는 안 될 사람이 아니다. 어떤 의미에서 보면 진정 훌륭한 지도자는 있으나 마나 한 사람인 것이다. 자기 스스로 없으면 안 된다는 사람은 엄밀한 의미에서 훌륭한 지도자감이 아니다. 그런 사람은 사회를 위해 일하기보다는 자신의 아성을 쌓기에 급급할 것이기 때문이다.

오히려 우리에게 필요한 사람은 자기가 없어도 될 사회를 만들기 위해 노력하는 사람, 자기가 아니더라도 다른 사람에 의해 사회가 잘 발전될 것임을 믿고 말하는 사람, 자기를 내세우지 않고 그저 있으나 마나 조용히 있는 사람, 그런 사람이 오히려 이 사회를 이끌 지도자로서 제격인 것이다.

잦은 선거와 누군가를 끊임없이 뽑아야 하는 우리의 현실. '나는 없어서는 안 된다'고 소리 높이고 나대는 사람보다는, '나를 뽑아주면 좋지만 내가 아니어도 돼, 나는 있으나 마나 한 사람'이라고 자신을 부인하고, 낮출 줄 아는 사람이 많이 나왔으면 좋겠다는 생각을 해본다.

맛조개와 맛소금

휴가철이 한창인 여름날 아침, TV에서 어느 바닷가 피서지를 소개하고 있었다. 확 트인 바다와 넓게 펼쳐진 갯벌, 가족 단위로 옹기종기 모여 앉은 사람들이 무엇인가를 열심히 하는 모습도 보여 주었다. 그것은 다름 아닌 맛조개를 잡는 모습이었다.

매연에 찌든 도심을 떠나 넓은 바닷가에서 수영도 즐기고, 바닷조개도 잡는 체험을 해 보고 싶은 충동이 일만큼 재밌어 보였다.

사람들은 시간 가는 줄 모르고 맛조개를 잡았다. 그런데 그 맛조개 잡는 방법이 재미도 있고 매우 인상적이다. 처음에 바다의 모래를 삽이나 호미로 조심스럽게 조금 판 다음 맛조개의 구멍이 나오면 그 구멍에다가 무엇인가를 뿌리는 것이었다. 그것이 무엇인가 보았더니 바로 맛소금이지 뭔가.

그런데 더욱 놀라운 사실은 맛소금만 그 구멍에 뿌리면 바다 진흙 밑까지 깊이 들어갔던 맛조개가 머리를 삐쭉 내밀며 올라오는 것이었다. 사람들은 그때를 기다렸다가 잽싸게 잡아채는 것이었다. 그것이 맛조개를 잡는 방법이다. 쉽게 얘기하면, 맛소금이 맛조개를 잡는 미끼였던 것.

그것을 보고 있던 나는 오만가지 생각이 교차했다. 원래 소금은 바닷물에서 생산해 내는 것이다. 바닷물을 증발시키면 물에 녹아있던 염분이 결정체가 되어 나타나는데 그것이 곧 소금이다. 그런데 맛소금은 자연산 소금에다 조미료를 첨가하고, 표백하여 보기 좋게 정제해 짠맛도 더한 가공 소금이다.

맛조개는 바닷물이 빠진 모래 속에 들어가 있다가 위의 구멍에 소금을 뿌리면 염분의 자극으로 바닷물인 줄 착각하고 올라온다고 한다. 사람들은 그 순간을 기다렸다 포획하는 것이다.

모래 속 깊이 구멍을 뚫고 들어가 있는 맛조개까지 미끼를 이용하여 포획하는 사람들.

우리가 사는 이 세상도 맛소금 같은 미끼가 얼마나 많은 가? 참인지 거짓인지 분간이 가지 않은 것들이 우리를 유혹하고, 고개를 내밀어야 할지 숙여야 할지 모르는 알쏭달쏭한 상황이 허다하게 벌어지고 있다.

다단계에 빠진 사람이 하소연한다. 처음에 몇 달 통장으로 돈이 잘 들어와 믿겠거니 하고 퇴직금 받은 돈을 몽땅 투자했다고, 그런데 며칠 후 회사를 찾았더니 회사가 없어졌단다. 맛소금에 홀린 것이다.

가짜 약, 가짜 식품, 가짜 박사, 각종 짝퉁 제품이 판치는 세상. 바닷물인지 소금물인지, 가짜인지 진짜인지, 분별력을 가지자. 정도를 벗어나는 것은 가짜로 여기면 될 것 같다. 던지는 미끼에 속지 말자.

살아있는 자들을 위하여

자주 가는 인천의 계양산 등산로 주변에는 무덤이 많다. 한때는 세상을 풍미하고 살았을 사람들이었건만, 이제는 이름 없는 나지막한 무덤에 묻혀 한 줌 흙이 되어가고 있다.

나는 간혹 가던 걸음을 멈추고 무덤의 비석을 꼼꼼히 읽는 습관이 있다. 불과 몇 년 전만 해도 나와 함께 같은 공기를 호흡하며 살았을 사람들, 어느 집안의 누구이며, 몇 년도에 태어나 언제 세상을 떠났는지, 비석을 살피면서 죽음이 늘 나와 가까이 있고, 그 죽음을 무서워할 필요가 없다는 사실을 상기하곤 한다. 말하자면 죽음과 무덤을 친근하게 여기며 살아가고 싶은 것이다.

그런데 언제부터인가 그 무덤 앞에 작은 알림판이 세워지기 시작했다. 이른바 계고장戒告狀이다. 등산로 주변을 정비하여 쾌적한 환경을 만들고, 고대 유물을 발굴 보존하기 위하여 무덤을 다른 곳에 옮겨 달라는 내용이다. 쉽게 말하면 살아있는 자들을 위하여 죽은 자들이 자리를 좀 양보하라는 이야기.

계고장의 내용 중, 고대유물을 발굴해야 한다는 이유는 어느 정도 이해가 가지만, 등산로 주변을 정비하고 쾌적한 환경을 만들기 위해 무덤을 옮겨달라는 말은 많은 것을 생각게 했다.

우리의 육신은 죽어 한 줌 흙으로 돌아간다. 그 누구도 그 과정을 피할 수 없다. 그렇다면 무덤은 우리가 곧 겪게 될 훗날의 모습이다. 혐오의 대상이거나 불결하게 생각해야 할 아무런 이유가 없다. 그런데도 원래부터 있던 무덤가에 길을 만들더니 이제는 아예 그 무덤 더러 그곳을 떠나라고 한다. 무덤이 있어 쾌적하지 않으니 떠나달라는 것이다.

물론 후손들의 건강을 위하여 등산로를 정비하고 산비탈에 질서 없이 조성된 묘지를 옮겨 나무를 심고 산림을 푸르게 가꾸겠다는 취지는 이해가 가지만, 적어도 묘지를 혐오

시설로 여기는 듯한 말은 듣기에 거북스러웠다.

　무덤은 말이 없다. 파헤치든 메워버리든 후세를 사는 사람들의 결정을 따를 수밖에, 그리고 사실 이미 자연의 일부가 되어버린 죽은 자들에게 그것이 뭐 그리 중요한 일이겠는가. 길가에 흙 한 줌 삽으로 파 필요한 곳에 옮기는 것과 다를 바 없을 터인데.

　가을꽃이 만발한 무덤가 산책로에 가을빛이 내려앉는다. 그 길을 걷다 무덤가에 서서 별의별 상념에 사로잡힌 이 산객의 어깨 위에도 가을빛이 곱다.

길거리 풍경

　바람이 차가운 날, 거리를 나섰다. 가로수도 잎을 떨군 차가운 거리는 을씨년스럽기까지 하였다. 전봇대엔 온갖 전단지가 덕지덕지 붙어 혼란스러운데, 가로수 사이에 걸쳐놓은 현수막은 바람에 찢긴 채 큰 소리로 펄럭이며 도시의 소음을 보태고 있다.

　그러고 보니 거리의 노점상이 부쩍 늘었다. 박스 몇 장 펴놓고 야채와 푸성귀를 파는 할머니, 드럼통에 군불을 피워 군고구마를 파는 아저씨, 작은 리어커에서 붕어빵을 굽는 아주머니, 그래도 형편이 나아 트럭을 이용하는 거리 상인은 복 받은 사람일까. 100m 정도 되는 거리를 걸어가면서 만난 노점상의 수가 꽤 많았다.

요즘 우리 사회가 중산층이 무너지고 부를 주체할 수 없는 가진 자들과 하루하루 살아가기에 여념이 없는 서민층만 존재하는 양극화 현상이 두드러진다고 하더니, 그래서인지 거리 노점상이 더욱 늘어난 것 같다.

사람이 살아가기 위해서는 먹어야 하고, 먹기 위해서는 쉬지 않고 경제 활동을 해야 한다. 문제는 경제활동이 그렇게 쉽지 않다는 데 있다. 경제활동이 어렵다는 것은 그만큼 먹고살기가 어렵다는 말과 같다.

물론 부모로부터 물려받은 재산이 많거나 아무짝에도 쓸모없을 것 같던 땅이 하루아침에 값이 치솟아 땅 부자가 되어 호의호식하는 사람들도 있다. 또 부동산 투기에 일찍 눈을 떠 평생 직장생활로는 모을 수 없는 큰돈을 번 사람들도 있다. 그러나 그런 사람들은 아주 소수에 불과할 뿐, 대다수 서민들은 아침부터 밤까지 허리가 휘도록 일을 해야 먹고사는 형편이다. 그것도 아이들은 유아원에 맡겨놓고 부부가 맞벌이에 나서서 말이다.

날씨가 차가운 거리, 그 거리에서 가족의 생계를 책임진 노점상들의 모습을 보면서 마음이 찡해진다. 코끝이 아려온다.

햇살이 고르게 세상을 비추듯 국민 모두 고르게 경제적 혜택을 누리고 사는 날이 하루빨리 왔으면 좋겠다.

찬 바닥에 더덕을 하얗게 다듬어 팔고 계신 할머니께서 더덕 다듬던 손을 잠시 놓고 속엣 말로 혼자 중얼거린다.

"와 이리 장사가 안 되노, 경제 살린다고 뽑아 노니 우째 더 어렵노!"

홀로 중얼거리는 할머니의 속엣 말이 칼날처럼 귓구멍을 후비고 들어왔다.

졸업, 그리고 세태世態의 변화

초등학교 졸업식에 참석할 일이 있었다. 졸업식 풍경이 변해도 참 너무 많이 변하였다. 각자 교실에서 TV 화면을 통해 나오는 교장선생님의 인도하에 졸업식이 거행되고 있었다. 교장선생님은 부지런히 혼자 원고를 읽고 있었고, 아이들은 아랑곳없이 떠들고 있었다.

담임선생님이 기계적으로 졸업장과 졸업앨범을 하나씩을 나누어주는 것으로 졸업식은 끝이 났고. 누구 한 사람 교문에 서서 잘 가라 잘 있거라 헤어짐을 아쉬워하며 손을 잡고 인사를 나누는 사람은 없었다.

옛이야기를 해서 무엇할까만 내 어릴 적 졸업식이 생각났다. 꽁꽁 얼어붙은 너른 운동장에 나열해 서서 후배들의 송별사와 교장선생님의 회고사를 들으며 눈시울을 붉혔던 그 졸업식.

못 입고 못 먹어 얼굴에 흰 마른버짐을 꽃처럼 달고서도 그 추위를 이기기 위해 연신 발을 뒹굴고 귀를 움켜쥐며 헤어짐을 아쉬워했었다.

5학년 후배들과 주고받으며 부르던 졸업식 노래가 "잘 있거라 아우들아 정든 교실아 선생님 저희들은 물러갑니다." 쯤을 부를 때면 온 운동장 바닥에 흐느끼던 소리가 가득했고, 입에선 연신 허연 입김을 쏟아내며 차가운 볼에 흐르는 눈물을 닦아야만 했었다. 졸업생도 울고, 후배들도 울고, 선생님도 울었으며, 하늘을 날던 참새들도 짹짹거리며 울었던 추운 겨울 운동장에서의 졸업식.

졸업식을 마치고 교문을 나서는 길목에는 후배들과 선생님들이 2열로 나열해 서서 일일이 손을 잡아 송별해 주었다. 졸업생들은 그것만으로도 어른이 다 된 것 인양 가슴 뿌듯하여 졸업방망이를 가슴에 안으며 기뻐했었다.

그때 그 겨울은 왜 그다지 추웠던지, 자꾸만 쪼르륵 거리는 배를 움켜쥐고 하늘 보며 입을 악물었던 그 시절이 그래도 마냥 그립다.

교실에서 터질 듯 살이 오른 개구쟁이 녀석들을 바라보며 세월의 흐름을 실감했다. 남아도는 물자, 풍족한 학용품, 무엇 하나 부족함이 없이 살아가는 저 아이들…….

아이들의 부모님이 그 옛날 추운 운동장에서 발을 구르며 이를 악물고 잘 살겠노라고 다짐하며 살아왔던 대가일 텐데, 그런데 왜 아이들의 기름진 얼굴을 보면서도 기쁘기보다는 우려가 앞서는 것일까.

분명 저 아이들이 좋은 세상을 살고 있지만, 더 좋고 값지고 귀중한 것을 잃고 있지는 않은지. 두 뺨에 흐르는 눈물과, 언 손 비비며 쌓은 정이 무엇인지를 모르고 있다. 꽁꽁 언 땅에 발을 굴리면서도 헤어짐의 슬픔을 가슴에 저미며 두었던 그 아릿한 추억을 저 아이들은 지금 알 수 없으리라.

속으로 사모하던 선생님, 짝사랑하던 계집아이, 모래판에서 뒹굴며 우정을 쌓았던 친구들, 그들과의 이별은 만남을 기약할 수 없는 이별이었다. 지금처럼 전화와 이메일 등 메신저가 없었을 뿐만 아니라, 서민들이 한 자리에 머물러 살지 못하였고 이사가 잦았기 때문에, 헤어지면 연락이 끊겼기 때문이다.

주소, 전화번호, 심지어는 핸드폰 번호에 E-Mail 주소까지 적어 멋지게 꾸민 주소록과 앨범을 주고받는 저 아이들의 삶이 풍요로워 보였지만, 인간미를 잃어버린 졸업식 풍경은 답답한 가슴을 더욱더 조여 왔다.

　친구와 살을 맞대고 땅바닥에 뒹굴며 사람냄새 맡을 때 느끼는 그 끈끈한 인간미를 모르고 자라는 아이들, 책가방 집어 던지면 컴퓨터 앞에 앉아 딱딱한 기계에서 오로지 승리욕에 사로잡혀 즐기는 오락, 아침부터 저녁까지 책가방 바꿔가며 이 학원 저 학원을 전전긍긍하며 공부에 지쳐 피곤한 아이들.

　졸업식을 마치고 각자 집으로 돌아가는 아이들의 모습을 바라보며 여러 생각에 잠긴 하루, 변해버린 세태를 실감한 하루였다.

한 배를 탄 인생

'타이타닉'이란 영화를 본 적이 있다. 1912년 북대서양의 깊은 바닷속으로 가라앉아 버린 초호화 여객선 타이타닉호를 배경으로 한 영화이다. 언제 가라앉을지 모를 배 안에서의 잭(레오나르도 디카프리오)과 로즈(케이트 윈슬렛)의 풋풋한 사랑이야기는 가슴 뭉클하다. 미국 상류층 로즈와 가난한 화가 잭은 애초에 사랑을 말할 수도 없는 사이였지만, 배 안에서 신분을 뛰어넘어 이루어지는 그들의 사랑은 배가 침몰하는 차가운 바닷물 속에서도 둘을 갈라놓지 못할 만큼 끈끈한 사랑이었다.

초호화 유람선 타이타닉호는 대자연, 거대한 바다에 도전하려는 인간의 야심작이었다. 그러나 인간의 얄팍한 두뇌와 힘으로 자연을 이길 수 있을 것이라는 생각이 얼마나 어리석은 것인가를 톡톡히 보여주었다.

그 속에는 온갖 부류의 인생 면면들이 타고 있었다. 귀족으로부터 평민, 의사, 선생, 신부 등등, 그야말로 이 지구를 압축해 놓은 축소판과 다름이 없었다. 그 속에도 빈부의 격차가 있었으며, 삶의 질과 문화의 차이가 존재하고 있었다.

그러나 사실은 그 배에 오른 그 순간, 그 모든 사람들은 각자의 신분이나, 학력이나, 명예와는 상관없이 한 운명체라는 테두리 속에 놓이고 말았던 것이다. 적어도 그 배가 항구에 정박하기 전까지는, 그 누구도 타이타닉호를 벗어나서 자유로울 수가 없었다.

두 조각난 채 바닷속으로 빨려 들어가는 그 아수라장 속에서 아직 물에 잠기지 않은 뱃머리를 필사적으로 매어 달려본들 소용없었으며, 일등석과 특정석이 그들을 보호해 주지 못했다. 귀족도, 의사도, 선생도, 신부도, 부자도, 가난뱅이도 타이타닉이 가는 길을 함께 갈 수밖에 없었다.

그렇다. 이 세상은 타이타닉호와 같은 것이다. 세상에 태어나 한 세대를 함께 살고 있다면, 다 같은 유람선에 올랐다는 의미이다. 말하자면, '공동 운명체'인 것이다.

해 먹고 사는 일이 다르고, 각기 직업이 다르며, 어떤 자는 좀 많이 배우고, 어떤 자는 좀 적게 배웠으며, 사지백체가 멀쩡하면서 마음이 병든 자가 있는가 하면, 마음은 물결처럼 곱지만, 육신에 질병을 얻은 사람이 함께 조화를 이루며 사는 세상이다.

나는 왜 저 사람보다 못 배우고 못 가졌으며, 못생겼느냐고 세상을 원망하고 조상을 탓할 일도 아니며, 남들보다 조금 더 배우고 가졌다고 자랑하고 고개를 쳐들 일도 아니다. 아무리 그래 봐야 세상이라는 배 안에 함께 있는 것 외에 별다른 존재가 아니기 때문이다.

북한에서 연일 로켓을 쏘아대고 있다. 자칫하면 핵 공격을 하겠다며 으름장을 놓고 있다. 만약 실제 그렇게 되면 이 좁은 한반도에 살아남을 사람이 얼마나 될까.

날이면 날마다 반대를 위한 반대의 투쟁을 일삼는 정치인들, 어떤 집회이든 얼굴을 보이는 데모꾼들.

우리 모두 한 배를 타고 항해하는 공동운명체라는 점을 인식하였으면 좋겠다.

설날의 추억

새해를 맞고 신년 기분이 가라앉을 만하면 또 설 명절이 기다리고 있어 마음을 들뜨게 한다. 설이 지나야만 비로소 신년을 맞는 것 같고, 떡국 한 그릇 먹어야 나이 한 살 더 먹는 것 같은 기분, 예로부터 내려온 전통문화를 버릴 수 없는 이유이다. 그래서 설날이 되면 많은 사람이 고향을 찾고 흩어졌던 부모 형제 친지들이 만나 서로 덕담을 나누며 한 해의 안녕을 기원하는 것이리.

그러나 이제 설날의 풍속도도 많이 변하였다. 흰 가래떡을 뽑기 위해 방앗간에 길게 줄 서 기다리던 모습도 찾을 수 없고, 집집마다 설음식을 준비하느라 풍기는 구수한 음식 냄새도 맡기 힘들다. 이웃과 음식을 나누기 위해 쟁반에 담아 나르는 정겨운 풍습도 사라진 지 오래다. 무엇보다 한복 곱게 차려입은 젊은 부부들이 어린 자녀를 거느리고 웃어른께 세배 차 나들이하는 모습도 점점 보기 힘든 모습이 되었다.

아무리 힘들고 어려워도 설날만 되면 선물 보따리 두둑이 챙겨 서울역 대기실에서 완행열차를 기다리던 모습은 이제 옛 기록 사진에서나 볼 수 있는 아득한 일이 되고 말았다.

설날부터 정월 대보름까지 동네 어귀엔 걸쭉한 윷판이 벌어졌고, 아이들은 덩달아 신이 나 제기차기, 고무줄놀이, 자치기놀이에 시간 가는 줄 몰랐다.

하기야 시대가 바뀌었는데 옛일을 추억한 들 무슨 소용 있으리. 옛날이야 먹을 것 못 먹고, 입을 것 못 입고 허름하게 살았으니 그토록 명절을 기다릴 수밖에.

명절이나 돼야 평상시 못 먹던 음식도 먹어보고, 옷 한 벌이라도 새것으로 얻어 입고, 신발도 새것으로 갈아 신을 수 있었으니 말이다.

요즘이야 모든 물품이 풍부하여 어른이나 아이 할 것 없이 평상시에도 먹고 싶은 음식 얼마든지 먹을 수 있고, 입고 싶은 옷이나 신발도 흔해서 굳이 명절을 기다릴 필요가 없는 것이다.

하여 명절이 오거나 가거나 신경 쓸 필요가 없게 되었다. 오히려 명절은 더는 기다려지고 가슴 설레는 특별한 날이 아니다. 며칠 얻은 연휴에 부부끼리만 조촐하게 여행을 떠나야 하는데, 친가나 시댁을 찾아가는 일이 괴롭기만 할 뿐이다.

음식은 어떻고? 안 먹어도 그만이지만 정 섭섭하면 마트에 가 썰어 놓은 떡과 만두 좀 사다 한 끼 끓여 먹으면 될 것을 그 많은 식구들 음식을 챙겨야 하니 모이는 게 괴롭고 고민거리이다. 그래서 명절 증후군이니 명절 스트레스니 하는 신종병명이 생겨 난 것이리.

완행열차 대신 초고속 열차나 승용차로 다녀오는 고향, 방앗간에 길게 늘어서지 않아도 언제든지 살 수 있는 떡과 만두, 설날을 기다리지 않아도 늘 풍족한 생활, 그래서 사람답게 사는 것 같은데도 왜 이리 마음은 허허롭고 흡족함이 없을까.

어떤 소중한 것들을 하나둘씩 잃어버리는 것 같은 이 안타까움.

　점점 메마르고 삭막해져 가는 세상을 바라보며, 없어도
정겹고 행복했던 어린 시절을 추억해 본다.

5. 살며 생각하며

오늘 하루도 우린 나 혼자의 독보적인
존재로 살아오지 않았다.
내가 먹은 세 끼 식사는 농부들의 구슬땀 흘린 노동의 산물이요,
내가 이용한 대중교통 수단은 그것들을 발명한 사람들과
그것들을 움직이는 엔지니어들에 의해 내게 제공된 것들이다.
내가 걸치고 있는 옷가지와 신발, 핸드폰 등,
온 갖가지 문화 혜택들은 다 각분야에서 열심히 노력한
주위의 사람들 덕분이다.
내 주위에 있는 이들 중, 누구 한 사람 소중하지 않은 사람이 없다.

– 본문〈바다와 하늘은 하나〉 중에서

시간과 환경을 다스리는 한 해

세월은 어김없이 흘러 해가 바뀌었다. 새해를 맞으며 각 오도 새롭게 하고 멋지게 살아보겠노라는 다짐을 한 지가 엊그제 같은데 벌써 묵은해가 되어 역사 속으로 흘러가고 또다시 새해가 밝았다. 세월은 흐르는 물과 같다고 하더니 그 말의 의미가 더욱더 실감이 난다.

그렇다. 흐르는 세월 앞에 장수將帥 없고, 가는 세월을 막을 자는 없다. 세월은 그저 쉬지 않고 흘러갈 뿐이다. 우리는 흔히 묵은 달력을 떼고 새 달력을 걸면서 새해에는 무엇인가 새로운 삶이 전개되길 기대해 보기도 한다. 그러나 분명히 알아야 할 것은 새해가 되었다고 해서 그 새해가 우리의 삶과 새로운 인생의 길을 보장해 주지는 않는다. 해가 바뀌었다고 해서 내 인생도 송두리째 바뀔 것이라는 생각을 한다면 그것은 허황한 꿈이다.

오히려 해가 바뀌었음에도 우리의 삶의 패턴은 변함없이 평상平常을 유지하여야 한다. 우리 인생은 시간과 조건에 따라서 쉽게 변하거나 기복이 심해서는 안 되기 때문이다. 만약 세월 따라 우리의 삶의 모습이 송두리째 바뀐다면 그것이야말로 더 큰 문제가 아닐 수 없다.

단, 평상의 유지 속에서 우리의 심성 변화가 있어야 할 것이다. 살면서 어쩔 수 없이 겪게 되는 여러 가지 악습들을 정화하지 않은 채 해를 쌓아 갈 수는 없기 때문이다.

다행스러운 것은 365일을 1년으로 하여 우리의 마음을 돌이켜 볼 수 있는 분기점이 주어졌다는 점이다. 만약 해의 바뀜 없이 계속 이어져 간다면 그만큼 나태할 수도 있지 않을까.

결국, 내 마음이 변해야 세상도 바뀐다. 내 마음의 변함 없이 열 번, 스무 번 해가 바뀌어도 내 삶은 아무런 변화도 일어나지 않는다.

우리는 또 한 해의 초입에 서서 세월이 나를 변화시켜 주길 기대하지 말고, 나 스스로 환골탈퇴換骨脫退의 분기점으로 삼겠노라는 각오를 다져야 하겠다.

나 자신의 변화 없이 주위의 환경이 나를 변화시켜주지 않는다. 나는 그대로 있는데 다른 어떤 이가 내 일을 대신해 주지 않는다. 새해에는 가정과 사회를 위해서 내가 먼저 분연히 일어나고, 내가 먼저 변화하는 해가 되어야 하겠다.

새로운 해가 나를 새롭게 해 주겠지 하는 막연하고도 소극적인 자세에서 벗어나, 나 스스로 시간을 지배하고 환경을 다스려 나가는 진취적인 생각과 자세로 살아가는 한 해가 되어야 하겠다.

졸업, 그리고 인생의 길

2월은 각급 학교마다 졸업식이 열리는 시즌이다. 요즘 졸업식은 예전처럼 학교 운동장에서 하지 않고 반마다 교실에 앉아 폐쇄회로를 통해 진행하는 학교가 많다고 한다.

졸업식 형태가 바뀌어서인지 한 과정을 마쳤다는 감격과 학급 친구들과 선생님과의 헤어짐으로 오는 아쉬움은 예전처럼 그리 애틋해 보이지 않았다. 그러나 여전히 변하지 않는 것도 있으니, 졸업을 마치 모든 것을 다 끝장낸 것처럼 흥분하고 들떠 한다는 사실이다.

엄격히 따지면 우리가 흔히 말하는 이 '졸업卒業'은 졸업이 아니다. 또 다른 시작이요 출발의 분기점일 뿐이다. 우리가 산을 오를 때 산봉우리 하나 힘겹게 헉헉거리며 넘고 나면 또 다른 산봉우리가 우리의 눈앞에 나타나듯, 우리의 삶이란 부단한 시작의 연속일 뿐 사실 인생의 길은 끝이 없다.

그런데도 사람들은 일의 분기점마다 일이 끝난 것처럼 즐거워한다. 그 결과 학교에서 한 과정을 끝내면 그것을 졸업이라고 부른다. 사실 그것은 졸업이 아니라 또 다른 시작을 의미할 뿐인데도 말이다.

졸업은 공부의 끝이 아니라 또 다른 일의 시작일 뿐이다. 주어졌던 소정의 과정을 마치고 나면 우리에겐 새로운 과정이 기다리고 있다. 상급학교의 진학이든, 사회진출이든, 우리는 새로운 과정에 뛰어들어야 한다. 그것이 인생이다.

머뭇거리거나 전력 질주하지 않고 주춤거린다면 인생 여로에서 낙오할 수밖에 없는 현실 앞에 다시 놓여 있을 뿐이다.

그러므로 우리 인생의 길에서 마칠 '졸卒'자를 써야 할 부분은 한 군데도 없다. 이제 초중, 고등학교 과정을 끝내놓고서 공부를 다 마친 것처럼 졸업이라고 하고, 해마다 연말이면 마치 인생을 다 산 것처럼 망년회다 송년회다 떠드는 것은 참으로 잘못된 우리나라만의 풍토병이며 고질병이다. 삶이란 그저 부단한 시작의 연속일 뿐인 것을.

우리 인생살이를 들여다보자. 우리는 흔히 나이 먹고 늙으면 삶을 다 산 것처럼 생각하지만, 그 또한 잘못된 생각이다.

사람은 나이 먹고 늙으면 죽음이라는 새로운 미지의 세계로 가야 한다. 그런데 여기서 '죽음'이란 단어 역시 우리 인간들이 만들어 놓은 불합리한 단어 중의 하나이다. 마치 졸업이라는 말을 만들었듯이, 죽음이란 단어도 인생이 끝난다는 잘못된 생각에서 생겨난 말이다.

죽음은 '별세別世', 즉 다른 세상으로 가는 것을 의미한다. 종교에선 그 세상을 '내세來世'라고 한다. 우리 선조들은 예부터 죽음이 다른 세상으로 가는 것임을 너무나 잘 알고 있어서, 사람이 죽으면 별세하셨다고 했다. 직감적이든 종교의 가르침이든 죽음이 별세라는 걸 알고 있었던 것.

이처럼 죽음은, 인생의 끝이 아니라 새로운 미지의 세계로 향하여 가는 단계일 뿐이다. 또 다른 세계의 시작이며, 삶의 한 단계이다. 이것은 종교인이든 아니든 받아드릴 수밖에 없는 엄연한 사실이다.

문제는 내세의 어느 곳으로 가느냐이다. 이 세상 인생길을 다 달려간 후에는 내세에 다다르게 되는데, 기독교에서 내세는 천국과 지옥 두 곳을 이야기한다. 불교 역시 극락과 지옥을 이야기한다.

여기서 중요한 것은, 천국이든 지옥이든 우리가 소멸하지 않는다는 사실이다. 사람들은 흔히 생각하기를 죽으면 끝장이란 생각을 한다. "죽으면 끝인데 뭐!" 하면서 죽은 후에는 아무 일도 일어나지 않을 거란 생각을 한다. 그러나 그것처럼 어리석은 생각은 없다. 죽음은 끝이 아니기 때문이다. 내세의 삶, 바로 그 시작이 죽음이다. 마치 졸업이 끝이 아니라 또 다른 인생의 길을 가야 하는 한 단계와 같듯이.

그러므로 우리 인생의 길에서 '졸업'이란 말의 의미와 '죽음'이란 말의 의미를 바르게 이해할 필요성이 있다. 모든 것이 끝장났다는 식으로 쓰여서는 곤란하다는 말이다.

언어의 제약 상 우리가 그 말을 그대로 받아 사용은 하지만, 그 두 단어는 끝이 아니라 새로운 시작을 의미하고 있다는 사실을 기억해야 한다.

각급 학교 소정의 과정을 마친 학생들과 인생의 길을 부단히 걸어가고 있는 우리는 한 과정, 한 과정이 끝이 아니라 더욱 넓은 세상, 우리가 채 알지 못했던 미지의 세계로, 새 일을 향하여 걸어가고 있다는 사실을 기억하면서 겸허한 자세로 한 걸음 한 걸음 나아가자.

소풍 가는 날처럼

똑딱이며 1초, 1초 흐르던 시간이 금세 한 해를 역사 속으로 몰아가고 새해를 안겨다 준다. 한 해의 끝에 설 때마다 우리가 흔히 말하는 "시작이 반이다."라는 말의 의미를 실감하면서 물이 흐르듯 그렇게 흘러가는 세월을 바라볼 뿐이다. 그리고 가고 오는 세월 앞에 서서 분명한 사실을 느끼게 된다. 즉, 지금까지 살아온 날들도 그랬지만 앞으로의 날들 역시 우리가 넘어야 할 산과 건너야 할 강이 많다는 것이다. 그것들이 우리에게 좌절을 주고 아픔을 주고 때론 분노와 절망을 일으킬 수 있다.

문제는 그럴 때마다 그런 것들을 어떻게 받아들이고 대처

해 나갈 것인가의 문제이다. 바로 여기에 한 해의 행과 불행이 갈릴 것이며, 마음의 평화를 얻을 수도, 아니면 메마르고 각박한 환경을 만나게 될 수도 있기 때문이다.

천상병이란 시인이 있다. 군사정권 시절 그는 억울한 누명을 쓰고 감옥에 갇히기도 하고 한때 정신병원에 수용되기도 하였다. 푸른 꿈도 펼쳐보지 못한 채 그의 삶은 시들어 갔다. 그러던 어느 날 죽음이 자신에게 가까이 다가왔음을 알게 되었고, 그래서 그는 「귀천歸天」이라는 시를 남기고 이 세상을 떠나갔다.

나 하늘로 돌아가리라 //아름다운 이 세상 소풍 끝나는 날 /가서, 아름다웠더라고 말하리라

좌절과 분노와 원망과 불평을 퍼부어 대며 살 수밖에 없는 자리에 있으면서도 그는 생각을 달리하여 하루하루를 '소풍 가는 날'처럼 즐겁게 살았노라고 이 시에서 노래하였다.

유명한 미술가 루오의 판화작품 중 재미있는 제목의 판화가 한 점 있다. 그 판화의 제목은 「향나무는 자기를 찍는

도끼날에도 향을 묻힌다」는 긴 제목이다.

괴롭히고, 아픔을 주고, 상처를 주는 도끼날에 독을 묻혀 주지 않고 오히려 향을 묻혀주는 향나무…….

가슴을 여미는 아름다운 이야기들이다. 세상은 이처럼 바라보기에 달린 것. 나쁘고 불합리한 쪽으로 보고 탄식하고 비판만 하면 좌절만 있을 뿐이고, 좋은 점을 찾아 칭찬하고 기뻐하며 내 마음을 추스르면 이 세상 모든 것이 다 아름답고 소중하게 보인다.

그러므로 새해 초부터 우리 생각을 한번 바꿔보면 어떨까? 너나없이 공평하게 주어진 한 해, 이왕 가야 할 새해의 열린 길이라면 마지못해, 어쩔 수 없이 가는 길이 아닌, 하루하루를 소풍 가는 날처럼 생각을 바꾸고, 또 자기를 찍는 도끼날에도 향을 묻혀주는 향나무처럼 그렇게 아름다운 향을 풍기며 살면 어떨까?

요즘 회사마다 자전거로 출퇴근하는 직장인이 늘고 있다고 한다. 고유가 시대에 치솟는 기름값도 아끼고, 차량 유지비도 줄이고, 운동도 할 요량으로 자전거를 타지만, 그들은 무엇보다 하루하루를 소풍 가는 느낌으로 출퇴근을 하니 마음이 행복해지고 일하는 기쁨을 알게 되었다고 하였다.

행복은 거저 주어진다거나 돈으로 살 수 있는 것이 아니다. 세상을 어떻게 바라보고 어떻게 대처하느냐에 달렸다.

이왕에 살아가야 할 인생, 하루하루를 소풍 가는 날처럼 그렇게 행복하게 살았으면 좋겠다. 사랑과 관용이라는 향기를 풍기며 살았으면 더욱 좋겠다.

죽음에 대하여

사람은 자신의 앞날을 한 치 앞도 내다보지 못하는 존재이다. "내가 오늘 어디를 가서 무엇을 하고 어떻게 행동해야 되겠다"는 계획은 그럴싸하게 세울 수 있으나 실제 그 계획대로 살아질지는 미지수未知數이다. 그래서 성경에는 "사람이 마음으로 자기의 길을 계획할지라도 그 걸음을 인도하는 자는 여호와시니라"(잠 16:9)고 했다. 또 우리 인간 스스로는 우리가 살아가는 현재를 가리켜 '불확실성의 시대'라고 정의 내리고 있다.

그렇다. 우리는 지금 불확실한 시대에 확실치 아니한 삶을 살고 있다. 언제 어디서 어떤 일을 당하게 될지, 집을 나서면서도, 일하면서도, 혹은 죽음 직전에 이르기까지도 모를 뿐이다. 그저 결과만 놓고 울고 웃을 뿐.

그러나 이 불확실함이 크면 클수록 우리에게 더 큰 확신을 심어주는 것이 있다. 그것은 '사람은 한 번 죽는다'는 것이다.

그런데 죽음에는 모르는 것 세 가지와 아는 것 세 가지가 있다. 모르는 것은, '언제 죽을지' '어디서 죽을지' '어떻게 죽을지' 모른다는 것이고, 후자는 '반드시 한번은 죽는다' '아무도 함께 가지 못한다' '아무것도 가지고 가지 못한다'는 것이다.

죽음은 모든 사람이 가야 하는 피할 수 없는 길이며 불가항력이다. 이에 파스칼의 말을 빌리면 "인간은 나면서부터 사형선고를 받고 태어난 존재"라는 것이다.

그렇다면 결국 인생이란, 이 세상을 영원히 사는 것이 아니라 잠깐 살다가 가는 나그네에 불과하다. 최종적인 목적지에 도착할 때까지 나그네는 최선을 다하여 걷고 또 걸을 뿐이다. 지금 살아있으되 죽은 것 같이 살고, 이미 죽은 것처럼 살 수만 있다면, 그 사람은 최선의 삶을 산 것이다.

문제는 많은 사람들이 인생의 길을 나그넷길로 인정하지 않는 데 있다. 언제까지나 이 세상에서 살 것처럼 생각하기에 물질에 대한 집착과 이별에 대한 아픔이 있는 것이다.

　죽음은 남의 일이 아니다. 언제 어디서 어떻게 죽을지 알 수 없을 뿐, 분명히 내게도 찾아오는 것이 죽음이다.

　살면서 쓸데없는 과욕과 집착을 버리고, 언제 어디서든 죽음 앞에 다다를 때, 빈손으로 갈 수 있다는 마음을 가지고 있다면, 그 길도 즐겁게 갈 수 있는 길이 아닐까.

12월에 할 일

새해를 맞은 지 엊그제인가 싶으면 금세 12월이다. 세월은 흐르는 물과 같고, 쏜 살과 같다는 말의 의미가 가슴 절절하게 느껴진다.

11월이 비껴간 자리에는 12월의 바쁜 일정들이 빽빽이 자리하고 있다. 여러 모임의 송년 일정부터 출간계획, 청탁원고 마감 등등.

지난 한 해 어떻게 살아왔던 살아온 흔적들은 남기 마련이다. 12월은 그 흔적들을 모다 정리해야 하는 달이다. 잘했든 못했든, 한 해의 끝을 매듭지어야만 새해를 맞을 수 있고, 새날을 설계할 수 있기 때문이다. 그런 의미에서 12월은 일 년 열두 달 중 가장 중요한 달이 아니겠는가 생각해 본다.

미국 헌팅턴 프레스 신문사 건물 입구에는 세 개의 조각 상이 있다고 한다. 하나는 사람이 지구본을 껴안고 온화한 웃음을 짓고 있는 모습이고, 다른 하나는 지구본 위에 거만한 표정으로 서 있는 사람의 모습이며, 나머지 하나는 사람이 지구본 밑에 깔려 살려달라고 부르짖으며 고통스러운 표정을 짓고 있는 모습이다.

방문객 대부분은 퍽 인상적인 조각상들의 의미가 무엇인지 그곳 신문사 사장에게 묻는다고 한다. 그때마다 사장은, "지구본은 흘러가는 시간을 상징합니다. 인간은 자신에게 주어진 일생이라는 시간 때문에 웃는 자도 있고, 우는 자도 있지요. 지구본을 껴안은 상은 시간을 아끼고 사랑하는 사람이며, 지구본 위에 서 있는 모습의 상은 시간의 귀중함을 무시한 사람이며, 마지막 지구본 밑에 깔린 모습은 시간을 무시하다가 실패하거나 고통을 당하는 사람을 상징하고 있습니다. 우리 신문사는 항상 흐르는 시간 속에서 최후에 인간들이 후회하지 않도록 깨우쳐주는 신문을 만들고자 하는 목적으로 그런 조형물을 세웠습니다."라는 대답을 한다고 한다. 참으로 깊은 교훈을 주는 이야기이다.

 12월이다. 혹시 이런 생각을 할 수 있지 않을까?

 "이제 겨우 한 달 밖에 남지 않았는데, 적당히 보내고 내년에나 잘해보지 뭐."

 그러나 그것은 참으로 큰 오산이다. 지금 이 시각을 뭉개고 정리하지 못한다면 그는 희망찬 내일도 맞을 수 없다. 시간은 한 번 가면 다시는 오지 못할 곳으로 흘러가지만, 세월이 남기고 간 흔적들은 고스란히 우리의 삶 속에 퇴적되어 남아있기 때문이다.

 우리는 그 시간의 퇴적물을 다스리지 못하고, 저 지구본에 깔린 사람처럼 압사당하는 어리석은 사람이 되어서는 안된다.

 12월은 새롭게 시작하기에는 너무 늦은 달이 아니다. 아직도 1년의 1/12이 남은 달이다.

새해의 계획과 다짐

　물처럼 흐르던 시간이 묵은해를 역사 속으로 몰아가고 새해를 안겨다 주었다. 우리말에 "시작이 반이다."라는 말이 있다. 처음에는 안 갈 것처럼 더디게 느껴지지만, 막상 시작하면 물 흐르듯 흐르는 것이 세월이다.

　해마다 정초가 되면 여러 다짐도 하고 각오도 새롭게 한다. 어떤 사람은 잘못된 습관을 고쳐보기 위한 다짐을 하고, 어떤 사람은 이루고자 하는 목표 달성을 위한 계획을 세우고 각오를 새롭게 하기도 한다. 그러나 한 해의 절반쯤 왔을 즈음엔 어느새 정초에 맺은 다짐과 계획은 어디로 가버리고 무슨 계획을 어떻게 세웠는지조차 모르는 무감각으로 한 해의 끝자락에 떠밀려와 가는 해를 아쉬워한다. 이 모습은 우리 대부분의 모습이다.

그렇다 하더라도 우리는 또 한 해의 시작지점에서 새로운 다짐을 하여야 한다. 늘 그러했듯이 살다 시간에 쫓기고 삶에 지쳐 그것들을 잊어버려 용두사미龍頭蛇尾가 된다 할지라도 새해의 다짐은 이어져야 한다.

그 이유는 첫째, 계획을 세우고 마음의 다짐을 갖는다는 것은 곧 소망과 희망을 상징하기 때문이다. 소망이 없는 사람은 결코 진일보進一步 할 수 없다. 계획을 세우고 반드시 이루고야 말겠다는 소망과 바람이 있는 사람은 성공할 확률이 높고, 아무 소망과 바람이 없는 사람은 실패할 확률이 많게 된다.

둘째, 정초에 먹은 마음들이 연말이 되어 내 삶의 뒤안길을 비춰주는 거울이 되기 때문이다. 만약 아무 계획과 다짐도 없이 얼렁뚱땅 한 해를 살아버렸다면, 묵은해의 막바지에서 자신의 살아온 날들을 비춰줄 거울을 준비하지 못한 결과가 되고 말 것이다. 집을 나설 때 거울을 보고 옷매무새를 바로잡듯, 새해의 첫발을 내디디며 지난 한 해 달려온 내 모습이 어떤지를 돌아보는 사람이 실수할 확률이 낮아질 것이다.

   그러므로 이루지 못할 것이라는 예단을 미리 할 필요는 없다. 안될 걸 뻔히 아는데 계획은 세워 무엇 하겠느냐는 자포자기는 패자의 근성이다.

   새로운 한 해가 열린 정초에 마음가짐을 새롭게 하여 출발을 잘해야 끝도 좋은 법.

   할 수 있다는 믿음과 소망을 가슴 가득 품고 출발하자.

4월의 진실

토머스 엘리엇(Thomas Stearns Eliot/1888~1965 미국태생
영국인, 시인·극작가)은 그의 장편 시詩 「황무지」(The Waste
Land)에서 "4월은 가장 잔인한 달"이라고 하였다. 처음엔
왜 4월이 잔인한 달인 지 그 깊은 뜻을 이해하지 못한 채,
뭔가 낭만적인 느낌이 있어 자주 읊조리던 시이다.

사실 이 시는 모든 생명체가 보편적으로 재생과 부활을
경험할 수 있는 4월, 즉 들녘엔 봄이 오고 있건만 결코 새
로운 생명을 피워낼 수 없는 당시 유럽 문명에 대한 시인의
비판과 거부감을 담은 시라고 한다. 물론 현재 유럽의 현실
이 당시 엘리엇이 걱정했던 대로 그렇게 암울하기만 한 것인

지는 좀 더 따져봐야 하겠지만, 당시 엘리엇은 그렇게 느꼈던 모양이다.

그 후 지난 20세기 내내 이 시 구절은 많은 문필가와 담론가의 화두에 올랐고, 엘리엇의 뜻과는 무관하게 암울하고 불행한 현실을 표현하고자 할 때 곧잘 이 시 구절을 인용하였다. 즉 인간 정신의 메마름, 인간의 행위 가치에 대한 믿음의 부재, 생산성 없는 성性과 재생이 거부된 죽음, 독재정권에 대한 항거, 세계 곳곳에서 벌어졌던 전쟁과 기아, 저항과 도살로 이어졌던 우리 인류를 할퀴고 지나간 온갖 불행과 뼈아픈 생채기들을 대변하고 표현하였던 것이다.

그럴지도 모른다. 봄이 오고 새로운 세상이 와도 분명 어두운 곳에서 피어나지 못하고 움츠리고 있는 것들이 우리 주변에 많이 있어 역설적으로 4월은 잔인하고 슬프고 불행한 계절일 수도 있다. 그러나 4월이 과연 그렇게 잔인하고 아프고 불행하기만 한 것일까? 아닐 것이다. 4월의 속내를 좀 더 깊이 들여다보면, 모태가 썩어야 새싹이 돋아나는 조금은 잔인한 것 같은 그 자연의 순리 속에 생명을 이어가는 사랑의 미학이 숨겨져 있다.

겨울이 지나고 봄이 되면 자연은 봄비를 내려 땅을 녹이고 따사로운 햇살을 뿌려 땅속에 숨어 잠이 든 씨앗을 깨운다. 씨앗은 새싹을 틔워 자신의 몸을 자양분으로 내어주고 새 생명은 그 자양분으로 인하여 탄생하는 것이다. 죽어버린 것 같은 마른 나뭇가지에도 물이 오르고 새잎이 돋고 꽃이 피는 것 역시 가을에 떨구었던 나뭇잎이 썩어 자양분을 주었기 때문이다.

이렇게 4월 들녘에 새 생명의 숨결이 가득할 수 있었던 것은 바로 모태가 썩어 내어주는 양분으로 돋아나는 자연의 순리 때문이다. 그것은 결코 암울하거나 잔인하지 않다. 죽음이 있었지만, 더 많은 생명을 피워냈기에 불행하지 않다. 오히려 후세에게 모든 것을 내어주는 사랑과 희생의 극치인 것이다.

이 땅에 발붙이고 사는 생명체는 누구나 다 같은 과정을 밟는다. 그것이 길섶의 작은 풀꽃이든, 연약하기만 한 작은 벌레이든, 혹 사람이든, 모두 모태로부터 양분을 받아 어엿한 생명체로 성장하고, 양분을 다 내어준 모태는 빈껍데기만 남게 되는 것이다. 희생 없이는 생명도 없다는 자연의 순리이다.

그러므로 그 순리를 거스르지 않고 사는 것이 행복을 느끼며 사는 지름길이다.

오늘 내가 사회에서 분투하고 노력하는 것은 내게 피로를 주고 괴로움만 안겨주는 것이 아니라 가족에게 행복을 안겨다 주는 것이다.

봄이 완연하다. 봄 햇살 나부끼는 들길을 걸으며 파랗게 솟구치는 작은 생명과 울긋불긋 꽃을 피워내는 나무들을 바라보자. 썩어지는 희생의 터 위에 활짝 웃는 꽃을 피워낼지언정 슬프거나 불행한 기색은 하지 않는 초목들을 바라보자.

온갖 일정으로 빽빽이 들어찬 책상 앞에 놓인 4월의 달력만 들여다보며 한숨만 쉰다면, 4월은 어쩌면 불행하고 우울한 달이 될지도 모른다.

타인으로부터 무엇인가를 받으려고만 하는 기대심리에 사로잡혀 정작 자신은 사회와 직장의 거름이 되지 못한다면 엘리엇의 시 구절처럼 4월은 잔인한 계절로 끝날 것이다.

하지만 짧게라도 시간을 내어 작은 풀꽃과 나무의 새잎을 자세히 들여다보면서, 서로 밑거름이 되어 대물림하는 생명의 순리와 자연의 법칙을 배워간다면, 4월은 아름답고 행복한 달이 될 것이다.

행복의 산실, 가정

김동인의 소설 「발가락이 닮았다」는 작품에서, M이란 청년은 총각 때의 무절제한 방탕 생활로 인하여 각종 성병을 앓아 생식능력을 상실한 30을 넘긴 노총각이다.

여자를 속이고 결혼을 하게 되었는데, 번연히 자식을 낳을 수 없는 남편인데도 아내가 덜컥 임신을 하게 되었다. 열 달 동안 점점 부풀어 오르는 아내의 배를 바라보는 남편의 고충과 분노는 당장에라도 이 세상을 우지끈 뚝딱 박살을 내고 싶은 심정이었다.

그러는 중 아내는 해산달이 차서 떡두꺼비 같은 옥동자를 낳았다. 그때 남편 된 사람은 너털웃음을 터트리며 이렇게 말했다.

"아하 그놈 참 나를 쏙 뽑았는걸, 발가락이 닮았어!"

하필이면 발가락을 입증자료로 선정한 주인공의 기지도 재미있지만, 어떻게든 가정을 지키려는 남편 된 사람의 마음 처리가 가슴 절절히 와 닿는다. 사리와 감정만 앞세웠다면 그렇게도 길게 고민하였겠는가? 자신의 과거 경력을 후회하고 있기에 부정을 저지른 아내도 살리고, 자신의 체면도 살리고, 아기 또한 살리는 길을 택하였던 것이다. 너무나 현명한 판단이었다.

그렇다. 우리에게 목숨 걸고 지킬 가정이 있고 가족이 있다는 건 그 무엇과도 바꿀 수 없는 행복이다. 이 세상 무엇과도 대신할 수 없어 다른 모든 것은 포기하고서라도 반드시 지켜야 할 내 가정이 있다면 그 자체가 행복이다.

일터에서의 피곤한 몸을 이끌고 들어와 편히 쉴 수 있는 곳이 가정이며, 어렵고 힘든 속내를 감싸 안아 줄 수 있는 사람이 바로 가족이다.

가정은 피와 성性으로 얽혀진 인간의 원초적 집단이요 기본적 공동체이다. 성으로 얽힌 부부의 애정, 그리고 그 애정의 산물로 태어난 자녀와 부모 간의 사랑, 그곳이 가정이다. 가정은 서로 사랑하고 신뢰하며 서로 이해하고 협동하며 희생하는 인생 드라마가 꾸밈없이 연출되는 곳이다.

가정은 이해타산의 각박함이 있어서도 안 될 것이며 상호 경쟁의 장소도 아니며 서로 시기하고 질투하는 갈등의 장소는 더더욱 아니다. 내 것 네 것이 없는 세계요 나는 잘나고 너는 못났다는 식의 우격다짐이 없는 세계다. 이처럼 가정은 우리에게 포근한 행복의 보금자리임을 그 누구도 부인하지 못할 것이다.

세계 모든 사람이 가장 즐겨 부르는 애창곡 중 하나인 「즐거운 나의 집」(Home sweet Home)의 작사가 존 하워드 패인은 정작 자신은 한 번도 가정을 가져보지 못하였으며, 집도 없었고 아내의 사랑과 자식에 대한 소망도 해보지 못한 채 일평생을 살았던 사람이다. 홀로 떠돌이 생활을 하고 살던 그의 가슴에 뼈저리게 느끼는 것은 가정의 소중함이었다.

그래서 그는 "즐거운 곳에서는 날 오라 하여도 내 쉴 곳은 작은 집 내 집뿐이리"라고 노래하였고, 이 노래는 누구나 한 번쯤 불러보지 않은 사람이 없을 정도로 유명한 곡이며, 이 노래를 부르는 사람의 마음속에 가정에 대해 한없는 애틋함을 불러일으킨다. 가정은 편히 쉴 수 있고 즐거움을 나누는 행복의 보금자리라는 것이다.

모리스 마테롤 링크의 「파랑새」라는 동화에 나오는 치를 차르와 미치러 남매는 행복의 파랑새를 찾아 산을 넘고 강을 건너 먼 여행을 하였지만 끝내 행복의 파랑새를 찾지 못하고 집으로 돌아와야만 했다. 그런데 그들이 그토록 찾고 헤매던 파랑새가 자기 집 처마 끝에 매달아 둔 새장 안에서 펄럭이며 날고 있지 않은가? 남매는 놀라움을 금치 못하였다.

이 이야기 역시 행복은 멀리 있는 것이 아니라 바로 우리 가까이에 있으며 그 행복의 산실이 바로 내 집, 내 가정, 내 가족임을 말하고 있다.

행복은 우리 가까이에 있는 것이다. 소중하게 맺어진 사회의 가장 기초적인 단위 내 가정, 이해와 사랑으로 감싸 안을 때 그 가정은 진정한 행복의 산실이 될 것이다.

지체 중 가장 못생기고 평범한 것이 발가락이다. 그 발가락은 누구 것이던 어지간히 닮아 보이기 마련인데, 아무리 뜯어봐도 닮았을 턱이 없는 그 아기, 그러나 가정의 소중함을 알았기에 "발가락이 닮았다"고 너털웃음을 지을 수 있었다.

어지러운 이 세상에서 소설 속의 주인공처럼 현명한 달관, 그리고 그 기지를 배워 서로 덮어주고 싸매주며 보듬어 안아 모두가 행복했으면 좋겠다.

행복은 멀리에 있지 않고 바로 내 가정에서 만들어 가는 것을.

가을 이야기

가을이다. 벌겋게 달아오른 가을 산, 노란 잎을 수북이 떨구고 선 은행나무, 청명하고 드높은 하늘, 오곡이 무르익은 들녘과 각종 실과로 풍성한 과수, 어디를 바라봐도 넉넉한 가을의 정경이다.

가을은 아름답다. 가을은 사람의 마음속에 사랑의 불을 지피고 지독한 그리움의 중병을 가져다준다. 가을은 어릴 적 순수한 마음을 되돌려 주고 잃었던 감성을 일깨워 준다.

가을은 이처럼 넉넉하고 아름다운 계절이지만 많은 사람이 고독을 느끼고 쓸쓸함과 외로움을 느낀다고 한다. 그 정도가 심한 사람은 심각한 우울 증상에 시달려 죽음의 지경에 이르기까지 한다니 가을은 참으로 사람의 마음을 뒤흔드는 마력을 지닌 계절임이 틀림없다. 말하자면 가을은 풍요와 허전함, 정겨움과 고독, 즐거움과 그리움, 행과 불행을 동시에 느끼는 이중 감성을 유발하는 계절이다.

왜 그럴까? 가을은 된서리에 풀잎이 쓰러지고 나뭇잎이 진다. 떨어진 나뭇잎은 구멍이 숭숭 뚫린 채 이리저리 바람에 날리다 형체도 없이 사라지고, 벌거숭이가 된 나무들은 다시 살아날 수 없을 것 같은 초라한 모습으로 변하여 마치 우리 인생의 말년과 죽음을 연상하기 때문이다. 그런 점에서 가을은 외롭고 쓸쓸하고 고독하다. 특히 가을에 대한 시인들의 감성은 더욱더 애잔하다.

가을은 / 빈터 같은 / 허허로운 가슴
휑하니 휩쓸고 지나는 / 회리바람

필자筆者의 시詩「가을」 전문이다. 가을이 얼마나 큰 고독과 쓸쓸함을 안겨다 주는 가를 표현하고 있다.

그러나 온갖 만물이 열매를 맺고 무르익는 것은 삶의 연륜에서 축적되는 땀의 소산이기에, 그런 점에서 가을은 세상과 맞서 꿋꿋이 살아온 사람들에게 넉넉한 풍요를 누리게 하고 행복과 기쁨에 젖어들게 하는 아름다운 계절이기도 하다.

그러므로 가을이면 '가을 앓이'만 해서는 안 된다. 나무들이 왜 잎을 버려야 하는지, 추운 들녘 찬 서리에 왜 풀잎이 스러져야 하는지, 가을의 의미를 짚어봐야 한다.

한마디로 가을은 돌고 도는 자연의 순환과 굴레 중에 되돌림 하는 계절이다. 초목은 잎을 땅에 되돌려 주고 숨 가쁘게 살았던 시간을 잠시 정리하며 다음을 기약하는 계절인 것이다.

이 되돌림의 법칙은 비단 나무에만 적용되는 것이 아니라 우리 사람들에게도 마찬가지이다. 그런 점에서 가을은 겨울 준비로부터 시작해서 다음 해 봄 농사를 위해 준비하는 또 다른 일의 시작이다.

프랑스 사람들은, 가을을 '랑트레(Rentree)'의 계절이라고 한다. '랑트레'란 '돌아간다'는 뜻으로 어린이들은 기나긴 여름 방학을 끝내고 학교로 돌아가며, 어른들은 바캉스를 끝내고 일상생활로 돌아가는 것을 의미한다. 곧 정상적인 삶으로 돌아가는 계절이라는 뜻이다.

이처럼 가을은 그동안 잊고 정신없이 살아왔던 자신의 현실을 바로 찾아서 바른 자리, 바른 자세, 바른 생각, 바른 삶의 자리로 되돌아가는 계절이다. 지금까지 세상의 잡다한 생각들로 가득하고 정작 있어야 할 곳을 벗어나 멀리 떠나 왔다면 바로 이 가을, 자아를 회복하여 제자리로 돌아오는 계절이 되어야 한다.

자연은 계절의 변화를 통하여 우리에게 교훈을 주고 그 자연의 순환 속에서 행복하게 살기를 원한다. 그동안 여름철 휴가 기분에 들떠서, 혹은 더위에 지쳐서, 혹은 삶의 경쟁에 쫓겨서 내 본연의 자리로부터 너무나 멀리 떨어진 존재로 살아오지 않았는지, 내 본래의 모습을 상실한 채 정신없이 앞만 보고 달려가지 않았는지, 뒤안길을 돌아보아야 한다.

또한, 가정을 소홀히 하고 가족의 품에 머물지 못했다면, 이제 이 가을 랑트레의 계절에 어서 제자리로 돌아가자. 여름 내내 키운 결실을 사람들에게 나누어 주고 잎사귀마저 땅에 되돌림 하는 가을 초목을 닮아보자.

추운 겨울 한 해를 시작하여 봄여름을 지나기까지 삶의 행복을 위해 분투하였다면, 이제 이 가을은 그 행복을 지키며 살찌우는 계절로 삼도록 하자.

어부지리 漁父之利

옛 중국 전국시대에 있었던 이야기이다. 조趙나라는 연燕나라에 기근이 들자 이를 기회로 삼아 연나라를 공격할 준비를 하였다. 조나라의 이 같은 속셈을 눈치챈 연나라의 소왕昭王은 소대蘇代라는 사람을 조나라에 보내 군대의 출병을 막으려고 하였다. 조나라에 도착한 소대는 조나라 혜왕惠王을 알현하고 그를 설득하기 위하여 다음과 같은 이야기를 시작하였다.

"오늘 제가 귀국貴國으로 오는 길에 역수易水를 지나다가 문득 강가를 바라보니 조개가 조가비를 벌리고 햇볕을 쬐고 있었습니다. 그런데 이때 갑자기 도요새가 날아와서는 뾰족한 부리로 조갯살을 쪼아대자, 조개는 곧 힘껏 조가비를 닫고 도요새의 부리를 놓아주지 않았습니다. 그러자 도요새가 '나는 괜찮지만 너는 오늘도 내일도 비가 오지 않으면 말라죽게 될 것이다.'라고 하자, 조개도 도요새에게 '내가 오늘도 내일도 너의 부리를 놓아주지 않으면 너도 굶어죽고 말 것이다.'라고 하였습니다. 이렇게 쌍방雙方이 한 치의 양보도 없이 싸우고 있는데, 그곳을 지나가던 한 어부가 이를 보고 둘 다 잡아가 버리고 말았습니다."

이야기를 마친 소대는 혜왕에게 계속 말을 했다.

"지금 조나라가 연나라를 공격하여 두 나라가 조개와 도요새처럼 된다면, 진秦나라는 곧 어부가 될 것입니다. 그러니 출병을 그쳐 주십시오.(어인득이병금지漁人得而兵禁之)"

우리가 흔히 잘 알고 있는 '어부지리漁父之利'라는 고사성어의 출처가 되는 이야기이다.

읽으면 읽을수록 틀림이 없는 교훈이다. 이 사람과 저 사람이 서로 양보 없이 다툴 때, 다투는 두 사람은 치명적인 상처를 입게 되지만, 그 이득은 다른 사람이 챙기게 된다는 것이다.

오늘 우리 사회에는 그 상처를 치유하기 어려울 만큼의

극한 분쟁과 다툼이 끊임없이 일어나고 있다. 정치, 경제, 교육, 언론, 등 사회 곳곳이 다툼의 상처로 얼룩지고 있다. 어떻게 이리 같은 사항을 놓고 각기 정반대의 의견으로 나뉠 수 있는 것인지, 어느 것 하나 국론통일을 이루지 못하고 찬반 양쪽으로 갈리어 극한 대립의 길로만 가고 있다.

이견異見이 없는 사회는 있을 수 없다. 이견이 있으므로 건전한 사회가 유지될 수 있다. 그러나 내 의견만 바르다고 우기고 타인의 의견에 귀 기울이지 않는다면 곧 다툼이 되고, 그 다툼의 결과로 엉뚱한 자가 어부지리를 얻게 될 것이다. 제발 좀 반대를 위한 반대는 그만두었으면 좋겠다.

발밑을 보지 말고 고개 들어 별을 보라

영국의 세계적 물리학자 스티븐 호킹 박사가 2012년 8월 30일 오전 5시, 런던 올림픽 스타디움에서 열린 장애인 스포츠 축제 '런던 패럴림픽'에 참석해 선수들을 격려하며 연설한 말이다.

호킹 박사는 개막식 행사에서 카운트다운과 함께 어둠 속에서 휠체어를 타고 등장하여 음성인식기를 통해 '발견의 여정'이라는 제목의 메시지를 전하였다.

그는 "우리는 합리적인 법칙이 지배하는 우주 속에서 살고 있고, 덕분에 우리가 이를 탐험하고 이해할 수 있게 된 것"이라며 "우리가 보고 있는 걸 이해하려고 노력하고, 무엇이 우주를 존재하게 하는지 궁금해하라. 호기심을 가져라.(Be curious)"라고 말하였다. 그러면서 재차 강조하기를 "당신의 발밑을 보지 말고 고개를 들어 별을 보라."고 하였다.

참으로 가슴 찡하도록 울림이 오는 감격의 말이 아닐 수 없다. 보통 사람이 그런 말을 했다면 그렇거니 하겠지만, 그가 누구인가. 손 하나 까닥할 수 없는 중증 장애인이다.

1942년 옥스퍼드에서 태어난 호킹 박사는 1962년 옥스퍼드 대학을 졸업하고 케임브리지 대학 대학원에서 물리학 박사과정을 공부하던 1963년 루게릭병에 걸렸다는 진단과 함께 1~2년 시한부 인생을 선고받았다. 그러나 호킹 박사는 삶을 포기하지 않고 연구에 몰두한 끝에 '양자우주론' 등 3대 현대물리학 이론을 발표해 세계를 충격에 몰아넣었다. 그는 오늘날 갈릴레이, 뉴턴, 아인슈타인에 이어 세계 물리학계 천재로 인정받고 있다.

22세 때부터 그를 괴롭히던 루게릭병은 그가 몸조차 가누지 못하게 만들었지만 전 세계 사람들을 향한 자기 생각을 전파하려는 그의 의지까지 막지는 못했다.

그는 "패럴림픽은 세상에 대한 우리의 인식을 바꾸는 것"

이라고 정의하고는, "우리는 모두 다 다르고, 인간에게 있어 어떠한 '표준'이나 '평범하다'는 건 없지만, 공통으로 우린 '인간 정신'을 공유하고 있다. 중요한 것은 무언가를 창조하는 능력이 있다는 것"이라고 말했다. 그러면서 "창조성은 육체적 성과에서부터 이론물리학에 이르기까지 다양한 형태로 나타날 수 있다"며 "당신의 삶에 항상 무언가 어려움이 있다 할지라도 당신은 해낼 수 있고 성공할 수 있다"고 강조했다.

"발밑을 보지 말고 고개 들어 별들을 보라"
사지四肢가 멀쩡한 사람들도 풀이 죽어 고개를 떨구고 사는 사람들이 얼마나 많은가. 호킹 박사의 말처럼 찬란한 별을 보고, 그 별들을 품은 우주를 보며, 그 속에 내가 존재하고 있음을 자랑으로 삼아 당당히 살아가는 우리가 모두 되어야 할 것 같다.

바다와 하늘은 하나

사람 대부분은 바다와 하늘은 만날 수 없다고 생각한다. 바다와 하늘은 너무나 멀리 떨어져 있다고 믿기 때문이다. 그런데 바닷가에 서서 저 멀리 수평선을 바라보자. 분명 바다와 하늘은 하나이다. 비가 오고 눈이 와도, 여름철의 사나운 폭풍우가 몰려와도, 바다와 하늘은 늘 함께 있다.

아침에 태양이 떠오를 때면 바다와 하늘은 완전히 하나가 되어 태양을 낳는다. 어디가 바다고 어디가 하늘이랄 것도 없이 둘은 한 몸으로 태양을 잉태하고 태양을 낳는다.

그런데 사람들은 이웃과 하나 되기를 거절하고 자신의 주위에 담을 쌓는다. 어떤 이는 지역주의와 혈연주위, 어떤 이들은 학연이란 울타리를 치고 자기들끼리만 살기로 작정한 것처럼 집단 이기주의에 빠지기도 한다. 안타까운 일이다.

정치학에서 사용하는 용어 가운데 '집단행동의 딜레마'라는 말이 있다. 이 말은 아무리 합리적이라 할지라도 자신의 이익을 위한 집합적인 행동이 취해질 때 비합리적인 결말을 낳게 된다는 의미이다.

또한, 사회학에서 사용하는 말 가운데 '님비현상'(NIMBY)이라는 말이 있다. 이 말은 'Not in my back yard'라는 머리글자를 딴 말로써 직역하자면 '내 뒷마당은 안 된다'는 뜻이다.

님비라는 말과 비슷하게 쓰이는 말 가운데, '핌피현상'(PIMFY)이란 말이 있다. 이 말은 어느 단체들이 자신들의 이익을 추구하기 위해 자신들의 요구만을 들어주기를 뜻하는 즉, 'Please in my front yard'라는 말의 첫 글자들을 딴 말로써, '내 집 마당으로 와 달라'는 뜻이다. 어찌 보면 정중한 말 같지만, 자신들의 요구를 관철하기 위해서 반강제적인 협박을 강압하는 말이라 할 수 있다.

한마디로 님비현상과 핌피현상은 집단이기주의의 표출이라고 말할 수 있다. '남의 마당은 되고 나의 마당은 안 된

다.' '남이야 어찌 되었건 나의 이익만 챙기겠다.'는 극단적인
발상이다.

　요즘 우리 사회의 현실적인 모습들은, 지나친 자기 이익
만을 내세운 각 단체의 주장들이 한꺼번에 봇물 터지듯 쏟
아지고 있다. 원래 시위라는 것은, 잘못된 법과 관행을 바
로 잡기 위해서 상대적인 약자가 힘을 합쳐 최후의 수단으
로 하는 실력행사여야 한다. 그러나 작금 우리나라 시위문
화는 내 앞마당은 안 된다는 식의 반대를 위한 반대가 성
행하고 있다.

　정치인들은 정치인대로, 농민은 농민대로, 노조는 노조
대로, 나와 당이 다르고, 색깔이 다르고, 지역이 달라서
반대하고, 내 지역에는 절대로 혐오시설이 들어와서는 안
되고, 그 시설을 사용은 하겠다는 발상은 너무 이기적이지
않은가.

　우리는 조용히 우리의 삶의 뒤안길을 돌아보아야 한다.
오늘 하루도 우린 나 혼자의 독보적인 존재로 살아오지 않
았다. 아니 혼자서는 살 수 없는 존재가 바로 인간이다.

　내가 먹은 세 끼 식사는 농부들의 구슬땀 흘린 노동의
산물이요, 내가 이용한 대중교통 수단은 그것들을 발명한

사람들과 그것들을 움직이는 엔지니어들에 의해 내게 제공된 것들이다. 내가 걸치고 있는 옷가지와 신발, 핸드폰 등, 온 갖가지 문화 혜택들은 다 각 분야에서 열심히 노력한 주위의 사람들 덕분이다.

내 주위에 있는 이들 중, 누구 한 사람 소중하지 않은 사람이 없고, 직간접적으로 나와 관계를 맺고 서로 도와주며 살고 있는 것이다. 그렇다면 이 세상은 원래 그렇게 삭막하지 않다. 알게 모르게 도우면서 살아가게 되어있는 세상이다.

멀리 떨어져 있지만, 바다와 하늘이 결국 하나이듯이, 우리 사는 세상도 하나이다. 사는 방법과 하는 일은 달라도 결국 우리는 하나이다. 하나로 살고 있으면서 하나임을 느끼지 못하고 사는 것은 불행이다. 이제 우리는 다 같이 더불어 살아가는 하나 된 인생이란 점을 시인해야 하겠다.

아름다움이 있는 세상, 더불어 살아가는 세상, 그것은 우리 모두의 꿈이다. 바다와 하늘은 항상 하나이듯이 우리 서로가 서로를 필요로 하는 하나로 살아갔으면.

경화수월鏡花水月

경화수월鏡花水月이란 말이 있다. 거울에 비친 꽃과 물속에 잠긴 달의 아름다움을 의미한다. 눈으로 볼 수 있으나 잡을 수 없는 허상을 비유적으로 일컬어 쓰이며, 예부터 시인들의 시 구절에 자주 등장한다. 거울 속 꽃과 물속의 달은 아무리 탐스럽고 아름다워도 결코 잡을 수 없는 허상이다.

우리는 어리석게도 그 경화수월을 잡기 위해 발버둥 칠 때가 있다. 우리에게 있어서 그 경화수월은 무엇일까? 개인마다 다르겠지만, 자신의 능력과 재능은 간과한 채 잡지 못할 것을 잡아보겠다고 쫓아가는 것이다.

옛날 당나라 때의 시인 이태백李太白은 술에 취해 뱃놀이 하다가 달을 건지겠다며 물에 뛰어들어 죽었다고 한다. 과연 그 별명에 어울리는 정말로 몽환적인 죽음이다.

국가의 지도자도 경화수월을 쫓을 때가 있다. 임기 내에 무엇인가를 이루어 업적을 남기겠다는 조급증과 국민들에게 어떤 빛을 비춰야겠다는 조급한 생각에서이다.

재미있는 이야기가 있다. 원숭이 나라의 이야기다. 오백여 마리의 원숭이들이 골짜기를 오르내리며 자신들의 영역에서 평화롭게 잘살고 있었다. 그 무리를 이끄는 대장원숭이는 덩치가 크고 영민한 지도자였다. 그 대장원숭이에게 한 가지 숙원사업이 있었으니, 어떻게 하면 캄캄한 밤에도 대낮처럼 환하게 언덕을 밝힐 수 있을까 하는 생각이었다.

여러 날이 지나고 보름달이 두둥실 떠오른 밤, 우물가에 앉아 있던 대장원숭이는 저 아래 우물 속에 잠겨 환한 빛을 밝히고 있는 보름달을 보며 무엇인가 깨달은 듯 무릎을 치며 기뻐하였다.

"오 하나님 감사합니다. 저 달을 높은 나무 위에 올려놓자"

생각을 곧바로 실천에 옮길 양으로 오백여 마리의 원숭이를 다 불러 모아 달을 건지는 방법을 설명하였다. 먼저 대장원숭이가 근처 나뭇가지를 한 손으로 잡고 다른 한 손은 다음 원숭이가 잡게 하였다. 이렇게 한 마리씩 우물 속으로 내려보내 달을 건져 올릴 요량이었다.

대장의 지시에 따라 손에 손을 잡고 모든 원숭이가 우물 속으로 내려가고 급기야 마지막 한 마리 원숭이가 원숭이의 등을 타고 내려가 달을 건지기 위해 우물 속으로 손을 내밀었다.

그때였다. 무게를 감당할 수 없던 대장원숭이의 팔에 힘이 빠지면서 나뭇가지의 손을 그만 놓치고 말았다. 안타깝게도 모든 원숭이가 주르륵 우물 속으로 빠져 몰사하고 말았다. 안타까운 이야기이다. 우물 속의 달을 건질 수 있을 것으로 착각하였던 것이다.

물속의 달은 아무리 탐스럽고 밝아 보여도 결코 잡을 수 없는 허상이다. 우리는 간혹 어리석게도 물속 달을 잡기 위해 진액을 빼는 경우가 있다. 특히 나라를 이끄는 지도자 중에 국민들에게 무엇이든 빛을 비춰야겠다는 조급한 생각에 우물 속의 달을 꺼내 걸려는 모습을 보게 된다.

세상을 놀라게 했던 박근혜 정부의 국정농단 사건, 그리고 들불처럼 일어났던 촛불민심과 탄핵정국의 결과로 탄생하게 된 문재인 정부.

새 대통령과 새 정부는 위의 경화수월의 허상을 좇지 않기를 바란다. 모름지기 나라를 이끄는 지도자라면 용맹만 있어서도 안 될 것이며, 소신이 있되 무소불위의 칼자루를 쥐고 밀어붙이기식으로 나가도 안 된다.

어질고 슬기로운 사리 분별로 지혜로워야 하고, 대의를 볼 줄 아는 통찰력이 있어야 하며, 미래를 내다보는 혜안이 있어야 한다.

새 대통령과 정부는 국민을 위하여 무엇이든 보여 주겠다는 강박관념에 사로잡혀 지나친 실적 위주로 가지 말고, 신중의 신중을 더하여 무엇이 국가를 위하고 국민의 복리를 위하는 길인가를 심사숙고하여, 국민의 아픈 곳을 껴안고 어루만져 사랑받고 존경받는 대통령, 신뢰받는 정부가 되기를 소망한다.

태풍에 대한 생각

우리나라는 북태평양 서부 해상에서 만들어진 태풍이 지나가는 주 통로로써 한 해에도 수십 개의 태풍이 한반도 인근 해역을 지나고 있으며, 그중에 3개 정도의 태풍이 한반도에 상륙하는 것으로 알려져 있다. 결국, 태풍은 우리 인간의 힘으로 막을 수도, 다스릴 수도 없는, 더군다나 과학의 힘으로도 어찌할 수 없는 살아 숨 쉬는 자연의 생리生理인 것이다.

태풍이 핥고 지나간 자리에는 재산과 인적 피해가 따르기 마련이다. 허옇게 벗겨진 산과 쓰러진 나무, 잘 일구었던 논밭이 자갈밭이 되어 도무지 이곳이 작물을 재배하던 곳이라 상상하기 힘든 풍경. 송두리째 지붕이 날려가 산사태에 파묻힌 가옥들. 단면적이긴 하지만 이것이 태풍의 피해이다.

그런데 태풍이 우리에게 주는 피해가 있다고 해서 그 폐단만을 이야기할 수는 없다. 왜냐하면, 태풍은 인간이 어지럽히고 더럽힌 세상을 뒤집어엎어 청소하려는 자연의 경이로운 자가 활동이기도 하기 때문이다. 높은 산과 계곡마다 버리고 어지럽혀 놓은 쓰레기들을 말끔하게 청소하는 것도 태풍이고, 녹조와 적조 현상에 썩어가는 바다와 강물을 뒤집어 산소를 불어넣고 되살려 놓는 것도 태풍이다. 말하자면 태풍은 인간의 힘으로 어찌할 수 없는 한계상황을 일거에 원상복구 시켜놓는 위대한 자연 활동이다.

태풍이 휩쓸고 간 후 바닷가와 강변에 온갖 쓰레기가 모인 것을 볼 수 있다. 인간이 산과 들에 가져가 먹고 마신 후 버린 온갖 생활 쓰레기이다. 만약 그것을 사람의 힘으로 수거하려면 얼마나 힘들겠는가. 아마 영원히 수거하지 못할 수도 있다. 그러나 태풍우颱風雨는 그것을 낮은 곳으로 쓸어 모아 치우도록 도와준다.

태풍은 사람이 하천 주변과 낮은 지역에 논밭을 일구고 집을 짓기 전부터 있었던 자연현상이다. 골을 메우고 물길을 막고 산을 파헤쳐 사람 편의에 의한, 소위 개발이란 명목으로 자연의 생태를 거스른 피해이지 당하지 않아도 될 피해를 운이 없어 당한 것은 아니다.

그러므로 우리는 태풍의 피해만 보며 원망하고 한탄하는 편협한 생각만 할 것이 아니라 태풍의 긍정적 측면을 바라보며 자연의 의미 있는 활동에 감사하는 자세도 가져야 할 것 같다.

물이 흐르는 곳은 물이 흐르게, 나무로 우거진 산은 숲 그대로 사람이 간섭하지 말고 놓아두자. 태풍과 폭우가 쏟아져도 그곳으로 제 갈 길 갈 수 있도록.

거울 속의 낯선 남자

초판 1쇄 인쇄 2017년 09월 21일
초판 1쇄 발행 2017년 09월 26일

지은이 선중관
펴낸이 김양수
표지 본문 디자인 곽세진

펴낸곳 도서출판 맑은샘 **출판등록** 제2012-000035
주소 (우 10387) 경기도 고양시 일산서구 중앙로 1456(주엽동) 서현프라자 604호
대표전화 031.906.5006 **팩스** 031.906.5079
이메일 okbook1234@naver.com **홈페이지** www.booksam.co.kr

ISBN 979-11-5778-241-3 (03800)

＊이 책의 국립중앙도서관 출판시도서목록은 서지정보유통지원시스템 홈페이지(http://seoji.nl.go.kr)와
　국가자료공동목록시스템(http://www.nl.go.kr/kolisnet)에서 이용하실 수 있습니다.
　(CIP제어번호 : CIP2017024842)
＊이 책은 저작권법에 의해 보호를 받는 저작물이므로 무단전재와 무단복제를 금지하며, 이 책 내용의
　전부 또는 일부를 이용하려면 반드시 저작권자와 도서출판 맑은샘의 서면동의를 받아야 합니다.

＊파손된 책은 구입처에서 교환해 드립니다. ＊책값은 뒤표지에 있습니다.